D1993087

Disney
PIRATES of the CARIBBEAN
AM ENDE DER WELT

Pirates of the Caribbean: Am Ende der Welt

Charaktere: Ted Elliott & Terry Rossio und Stuart Beattie und Jay Wolpert

Drehbuch: Ted Elliott & Terry Rossio

Nach Walt Disneys Fluch der Karibik

Produzent: Jerry Bruckheimer

Regie: Gore Verbinski

Parragon
Bath · New York · Singapore · Hong Kong · Cologne · Delhi · Melbourne

Copyright © 2006 by Disney Enterprises, Inc.

Alle Rechte vorbehalten. Die vollständige oder auszugsweise Speicherung, Vervielfältigung oder Übertragung dieses Werkes, ob elektronisch, mechanisch, durch Fotokopie oder Aufzeichnung, ist ohne vorherige Genehmigung des Rechteinhabers urheberrechtlich untersagt.

Die deutsche Ausgabe erscheint bei
Parragon Books Ltd, Queen Street House, 4 Queen Street,
Bath BA1 1HE, UK

Übersetzung: Susanne Lück; Kathrin Jurgenowski, Köln
Satz: Nazire Ergün, Köln
Koordination: trans texas publishing, Köln

ISBN 978-1-4054-9077-1
Printed in UK

Kapitel 1

„Gar die tapfersten und blutrünstigsten Piraten fürchten sie …“

Hoch oben im Mastkorb stand ein Pirat und spähte durch sein Fernglas auf den Horizont.

Nichts. Außer den beiden Schiffen, die mit ihnen segelten, war kein anderes in Sicht. Die Karibische See lag ruhig vor ihm, und die Sonne glitzerte auf dem Wasser. Alles sah friedlich aus.

Warum hatte er nur diese böse Vorahnung?

Wieder hob er das Fernglas. Jetzt entdeckte er einen kleinen Fleck am Horizont. Vielleicht ein Schiff. Vielleicht sogar, Gott bewahre, ein Schiff der East India Trading Company.

Der Pirat wusste genau, was passieren würde, wenn die Häscher der Trading Company sie zu fassen bekämen. Er hatte von den Hinrichtungen gehört … Piraten waren zu Dutzenden gehängt worden. Das

Klappgeräusch der Falltür unter dem Galgen war das Letzte, was sie hörten. In den vergangenen Monaten gab es immer mehr Hinrichtungen. Die East India Trading Company wollte offenbar die Piraten der Karibik – und aller anderen Meere – gänzlich auslöschen.

Der Pirat lehnte sich über den Rand des Korbs und hielt Ausschau nach dem Kapitän. Wenn es wirklich ein Schiff dieser Handelsgesellschaft war, dann mussten sie schleunigst von hier verschwinden. Doch plötzlich sah er, wie etwas Dunkles, Großes aus dem Wasser aufstieg – schnell aufstieg!

„Captain!!", brüllte er panisch.

Doch es war zu spät. Das Wasser spritzte zu allen Seiten hoch, und das Gebilde durchbrach die Wasseroberfläche. Zuerst zeigten sich die blassen Masten, dann die Reling, der hölzerne, mit Korallen und Muscheln bewachsene Rumpf. Am Bug befand sich eine skelettartige Galionsfigur. Das Schiff schien finstersten Alpträumen zu entstammen.

Die Piraten hatten schon von ihm gehört. Angstvolle Gerüchte waren darüber in Umlauf.

Es war die *Flying Dutchman.*

Die Kanonenluken des gewaltigen Schiffes öffneten sich. Die Kugeln schlugen seitlich in das Piratenschiff ein und explodierten mit lautem Getöse. Die Piraten der drei Segler stürzten auf ihre Posten, versuchten zu laden und zurückzufeuern, aber die *Flying Dutchman* war einfach zu schnell, zu nah und zu stark.

Schon nach wenigen Minuten war der Angriff vorüber.

Rauchschwaden hingen über dem brennenden Wrack. Leichen trieben zwischen Fässern und verbrannten Planken.

Die *Flying Dutchman* segelte weiter – majestätisch, unversehrt und unaufhaltsam.

Am fernen Horizont erschien ein Schiff. Der unselige Pirat im Mastkorb sollte recht behalten. Das Schiff, die *Endeavour*, gehörte der East India Trading Company. An Bord befanden sich Lord Cutler Beckett, Admiral James Norrington und Governor Weatherby Swann.

In der Kapitänskajüte der *Flying Dutchman* saß Davy Jones an seiner Orgel. Seine fahle Haut glänzte im Dämmerlicht, und die Tentakel in seinem Gesicht wanderten sachte über die Tasten. Eine schwermütige Melodie erfüllte den Raum. Seufzend hob er den Zeigefinger seiner Tentakel-Hand und wischte sich eine Träne aus dem Auge. Traurigkeit …

Gefühle … Das konnte nur eines bedeuten. Stirnrunzelnd blickte er zur Decke.

In diesem Moment betraten Admiral Norrington und Lord Beckett das Deck, begleitet von Matrosen. Sie schienen sich an Bord der *Flying Dutchman* zu fürchten, und diese Furcht kam nicht von ungefähr. Die Gesichter der Männer der *Flying Dutchman* waren von Muscheln und Meeresgetier bedeckt. Diese Wesen glichen eher Monstern als Menschen.

„Ruhig, Männer", befahl Norrington, der die Angst seiner Crew spürte. „Wir stehen an Deck eines seetüchtigen Schiffes, nicht mehr und nicht weniger. Reißt euch zusammen! Ihr seid Matrosen!"

Während er redete, hievten ein paar Männer eine Truhe an Deck. Deshalb waren sie mitgekommen, als Wächter der Truhe des Todes. In dieser Truhe lag das schlagende Herz von Davy Jones.

Lord Beckett lächelte. So lange schon hatte er auf diesen Augenblick gewartet. Jetzt hatte er Jones in der Hand.

Beckett wusste, dass Jones das schnellste Schiff der Weltmeere befehligte. Jeder Mann auf der *Flying Dutchman* war mit Leib und Seele an Jones gebunden, 100 Jahre lang. Davy Jones selbst war unsterblich. Die Liebe seines Lebens hatte ihm vor langer Zeit das Herz gebrochen, und Jones hatte sich das verletzliche Organ aus der Brust geschnitten, in die Truhe des Todes gelegt und auf der Isla Cruce vergraben. Niemand konnte ihn verletzen, solange sein Herz dort sicher versteckt war.

Und genau aus diesem Grund hatte Lord Beckett so eifrig danach gesucht.

Zuerst hatte er Will Turner und Elizabeth Swann an ihrem Hochzeitstag festgenommen. Will hatte ihm den Kompass von Jack Sparrow besorgen müssen, damit er freikam. Dieser Kompass zeigte immer dorthin, wo sich das befand, was man sich am meisten auf der Welt wünschte. Daher hatte Beckett gehofft, dass ihn der Kompass schnurstracks zu Davy Jones' Truhe führen würde.

Die Dinge hatten sich zwar nicht nach Plan entwickelt, aber Beckett hatte dennoch bekommen, was er wollte. Obwohl Will, Elizabeth und Jack die Isla Cruce vor Beckett gefunden hatten. Norrington gehörte inzwischen zu Jacks Crew, nachdem er vom Dienst suspendiert worden war, weil er Jack hatte entwischen lassen. Im Kampfgetümmel hatte Norrington dann Davy Jones' Herz an sich genommen. Er hatte das Herz nach Port Royal gebracht und dort Beckett übergeben. Umgehend hatte dieser ihn wieder in die Königliche Marine aufgenommen und zum Admiral befördert.

Beckett hatte also nicht den Kompass bekommen, dafür aber etwas viel Wertvolleres und Mächtigeres: Davy Jones' Herz – und damit die Gewalt über die *Flying Dutchman.* Mit diesem Schiff würde Beckett – und durch ihn die East India Trading Company – die Weltmeere beherrschen. Und was noch besser war: Davy Jones' Monster, der Kraken, hatte die *Black Pearl* versenkt, das einzige Schiff, das es mit der *Flying Dutchman* hätte aufnehmen können.

Plötzlich erschien Jones an Deck. „Verschwindet! Und nehmt das Ding da wieder mit!", bellte er. Vor Wut zitternd ging er auf Norrington zu, hielt aber Abstand von der Truhe. Je näher er dem Herzen war, desto empfindsamer wurde er. Er würde sich erst wieder sicher fühlen, wenn das Herz weit weg war.

„Ich will dieses Höllending nicht auf meinem Schiff haben!", schrie er.

„Nun, das tut mir leid", sagte Lord Beckett kühl, „denn ich will es so. Nur auf diese Weise ist gewährleistet, dass das Schiff den Anweisungen der Trading Company folgt."

Beckett nickte Norrington zu, und dieser führte die Männer mit der Truhe unter Deck.

„Die *Dutchman* folgt nur dem Befehl des Captains“, knurrte Jones.

„Und der Captain folgt dem Befehl der Trading Company“, erwiderte Beckett. „Ihr seid nicht länger der Herr der Welt. Das Unwirkliche ist … unbedeutend geworden. Ich dachte, diese Lektion hättet Ihr begriffen, als ich Euch befahl, Euer Tier zu töten.“

Beim Gedanken an den Kraken zuckte Jones zusammen. Das mächtige Seeungeheuer, das Jack Sparrow vernichtet und die *Black Pearl* versenkt hatte, war nun tot; eines der ersten Opfer in Becketts unbarmherzigem Feldzug gegen das „unzivilisierte“ Meer.

Governor Swann trat vor. Vom Deck der *Endeavour* aus hatte er mit Schrecken die Zerstörung der Piratenschiffe beobachtet. Keine Menschenseele war verschont geblieben. Vor Zorn kochend war der Governor Beckett und Norrington auf die *Flying Dutchman* gefolgt.

„Habt Ihr diesen Schiffen auch nur die Möglichkeit gelassen, sich zu ergeben?“, herrschte er Davy Jones an. Sein Gesicht unter der weißen Perücke sah sehr blass aus.

Jones verzog den Mund. „Sie haben uns gesehen. Das war Möglichkeit genug, will ich meinen.“

Swann war außer sich. „Meine Tochter hätte an Bord sein können!", brüllte er. „Das allein wäre Grund genug gewesen, Zurückhaltung zu üben!"

Der Governor suchte schon seit Monaten nach Elizabeth, seit dem Tag, an dem er ihr zur Flucht aus dem Gefängnis von Port Royal verholfen hatte. Er hatte gesehen, wie sie in die schwarze Nacht hinausgestürmt war, und er hatte gewusst, dass sie zu den Piraten gehen würde, um Will und Jack zu suchen. Seit jener Nacht hatte er nichts mehr von ihr gehört. Er hoffte, sie auf dieser Reise mit Beckett und Norrington aufzuspüren, und zwar bevor sie gefangen genommen und als Piratin hingerichtet wurde.

Beckett war aus anderen Gründen wütend auf Jones.

„Wir müssen die Gefangenen vernehmen", fuhr er ihn an, „und dazu sollten sie lebendig sein."

„Ich beseitige Piraten", erwiderte Jones, „ganz wie die Trading Company es wünscht."

Er verbeugte sich höhnisch und wandte sich dann Swann zu. „Was Eure Tochter angeht – sie ist tot. Mein Kraken hat sie zusammen mit der *Black Pearl* in die Tiefe gezogen. Hat Lord Beckett Euch das nicht gesagt?" Jones grinste kalt.

Einen Augenblick lang war Swann wie betäubt. Lord Beckett hatte ihn also die ganze Zeit belogen? Elizabeth war tot? Er wirbelte herum und stürzte auf der Suche nach Norrington davon.

Lord Beckett warf Jones einen finsteren Blick zu und folgte Swann.

In der Kapitänskajüte steckte Norrington gerade den Schlüssel in das Schloss der Truhe, als Swann ihn von hinten am Kragen packte und zu sich herumriss.

„Habt Ihr das gewusst?“, schrie er und schüttelte Norrington. „Habt Ihr es gewusst?“

„Governor Swann“, bellte es von der Tür her. Lord Beckett stand dort. Swann stieß Norrington von sich. Er entriss einem Matrosen das Bajonett und schwang es umher. Doch Norrington gelang es, ihn von hinten bei den Armen zu ergreifen.

„Raus. Alle“, befahl Beckett den Matrosen in scharfem Ton.

Die Soldaten schauten Norrington an, und dieser nickte. Sie marschierten hinaus. Zurück blieben Swann, Beckett, Norrington, Jones, Becketts rechte Hand Mercer – und die Truhe.

„Governor Swann, glaubt mir, ich wollte Euch nur den Schmerz ersparen“, sagte Beckett in beruhigendem Tonfall.

„Ihr wolltet nur meine politischen Kontakte ausnutzen, um Eure Sache voranzutreiben!“, fauchte Swann. „Der übelste Pirat, der je die Meere besegelt hat, besitzt mehr Anstand als Ihr. Sogar Jack Sparrow besaß Anstand.“

Beckett setzte ein dünnes Lächeln auf. „Jack Sparrow ist nicht mehr. Und er war nie mehr als in romantische Fantasien gehüllte Selbstsucht. Eine Legende, die wir ein für alle Mal beseitigt haben.“

Norrington war verwirrt. Warum war Governor Swann derart aufgebracht? „Ihr wusstet doch, dass Sparrow tot ist“, sagte er.

„Nicht Sparrow“, sagte Swann bitter. „Elizabeth!“

Admiral Norrington sog scharf die Luft ein. Der Schreck betäubte ihn. Obwohl Elizabeth die Verlobung schon vor langer Zeit gelöst und sich von ihm abgewendet hatte, empfand er immer noch viel für die eigensinnige Schönheit. Die Nachricht von ihrem Tod traf ihn mitten ins Herz. Er lockerte seinen Griff, und Swann konnte sich befreien. Mit einem raschen Schwung öffnete er die Truhe. Vor ihnen lag Davy Jones' pulsierendes Herz.

„Nein!“, rief Jones.

Swann erhob das Bajonett.

Doch bevor er zustoßen konnte, durchschnitt Jones' Stimme seinen Schmerz. „Ihr seid also bereit, meine Bürde auf Euch zu nehmen?“, zischte der unsterbliche Captain. „Wenn Ihr das Herz durchstoßt, muss das Eure seinen Platz einnehmen – und Ihr selbst meinen Platz. Denn die *Flying Dutchman* muss jederzeit einen Kapitän haben.“

Governor Swann zögerte. Das hatte er nicht gewusst. Niemand würde sich auf diese Weise ewig versklaven wollen. Doch wenn er damit Lord Beckett aufhalten konnte … Swann warf dem Adligen einen Blick zu. Beckett bedeutete ihm mit einer Geste, dass er ihm die Wahl nicht abnehmen würde. Swann drehte sich wieder zur Truhe um, doch Norrington packte seinen Arm und entwand ihm das Bajonett.

„Lasst mich!“, sagte Swann.

Norrington schüttelte den Kopf. „Elizabeth hätte das nicht gewollt“, sagte er fest.

Der Governor senkte den Kopf. Norrington hatte recht. Swanns Zorn verrauchte und machte einer tiefen Trauer Platz. Er hatte sein eigen Fleisch und Blut im Stich gelassen.

Norrington legte ihm einen Arm um die Schultern und führte ihn behutsam zur Tür.

Beckett, Jones und Mercer sahen ihnen nach.

„Wegtreten, Captain“, sagte Beckett.

Jones blieb stehen, immer noch kampfbereit, obwohl er wusste, dass er verloren hatte. Dann drehte er sich um und ging ebenfalls hinaus. Beckett und Mercer tauschten einen langen Blick. Dann ging Beckett zur Truhe hinüber und schloss sie langsam. Nachdenklich drehte er den Schlüssel um.

„Sie wissen es“, sagte Mercer.

„Ich kann Admiral Norrington Befehl geben zu schweigen“, sagte Lord Beckett. „Er wird gehorchen, das tut er immer.“

„Und der Governor?“, fragte Mercer.

„Nun“, sagte Lord Beckett gedankenverloren, „jeder Mann sollte ein Geheimnis hüten dürfen.“

Und während er geheimnisvoll lächelte, segelte die *Flying Dutchman* über die tiefblaue Karibische See, auf der Suche nach dem nächsten Piratenschiff, dem sie schwarzes Verderben und blutige Zerstörung bringen würde.

Solange Lord Beckett und die East India Trading Company Davy Jones' Herz in ihrer Gewalt hatten, war kein Pirat in Sicherheit. Es war nur eine Frage der Zeit, bis alle Piraten der Karibik vernichtet waren – auf ewig vernichtet.

Kapitel 2

In einem hatte Lord Beckett sich geirrt.

Elizabeth Swann war quicklebendig.

Sie war dabei gewesen, als Jack Sparrow mit der *Black Pearl* in die Tiefe gerissen wurde.

Und ganz gleich, was man sich erzählte: Sie allein war schuld an Jack Sparrows Tod. Nachdem sie die Isla Cruce verlassen hatten, hatte der Kraken die *Black Pearl* angegriffen – und warum? Weil Jack das schwarze Mal auf seiner Hand gehabt hatte. Das bedeutete, dass er sich nirgends mehr verstecken konnte. Deshalb hatte der Kraken ihn gefunden.

Zuerst war Jack entkommen und mit einem Beiboot Richtung Küste gerudert – allein. Aber dann hatte er sich anders entschieden. Er war auf sein Schiff zurückgekehrt, um Will, Elizabeth und seiner Crew zu helfen. Doch Elizabeth hatte gewusst, dass der Kraken nicht nachlassen würde, solange Jack bei ihnen war. Er würde sie alle töten. Deshalb hatte sie

Jack geküsst, um ihn abzulenken. Dabei hatte sie ihn hinterrücks an einen Mast gekettet und ihn dort allein dem Tod überlassen.

Danach hatte sich Elizabeth vor Schuldgefühlen zerfleischt. Sie war fest entschlossen, alles wieder in Ordnung zu bringen. In Begleitung der Crew wollte sie die mächtige Wahrsagerin Tia Dalma aufsuchen, denn Tia Dalma hatte Jack schon einmal geholfen.

Die Wahrsagerin lebte am Fluss Pantano, in einem Sumpfgebiet, das nur so nach Geheimnis und Zauberei roch. Ständiger Nebel hing über dem Wasser und Land, und während sie sich langsam den Weg zu Tia Dalmas Hütte bahnten, waren sie sicher, beobachtet zu werden.

Im dämmrigen Licht paddelten Elizabeth, Will und die verbliebene Besatzung langsam an Tia Dalmas klapprige Hütte heran. Mit großer Anstrengung und noch größerer Angst kletterten sie schließlich in die Hütte. Tia Dalma erwartete sie.

Die Wahrsagerin sagte ihnen, dass es eine Möglichkeit gebe, Jack Sparrow wieder zum Leben zu erwecken. Doch dafür benötigten sie die Hilfe eines alten Feindes … Captain Barbossa. Er hatte Jack Sparrow vor vielen Jahren die *Black Pearl* gestohlen.

Vor ihrer Begegnung mit Jones hatten Will und Elizabeth Jack dabei geholfen, sie zurückzuerobern. Jack hatte Barbossa auf der Isla de Muerta getötet. Doch Tia Dalma hatte ihn inzwischen unter die Lebenden zurückgebracht. Und dasselbe konnte sie auch für Jack tun.

Der Hafen von Singapur war ein finsterer, geheimnisvoller Ort, voll düsterer Ecken, zerzauster Piraten und blitzender Messer. Großsegler und kleinere Dschunken lagen an verwitterten Docks. Die Holzlatten quietschten im Wind, und das flackernde Licht der Laternen fiel auf Gesichter, die durch schmale, gewundene Gassen huschten.

Ein kleines Boot fuhr durch die düsteren Seitenkanäle. Eine mit einem Umhang bekleidete Gestalt manövrierte es mit einem langen Stock durch das Gewirr der Pfähle unterhalb der Docks. Der unheimliche Klang eines alten Piratenliedes durchdrang die Dunkelheit.

„Die Glocke steigt auf aus dem feuchten Grab, hört ihr es läuten? Sie ruft euch, gebt Acht, ein Sturm zieht auf!", sang die Stimme.

Plötzlich wurde die singende Gestalt vom Lichtkegel einer Laterne erfasst. Auf dem Boot stand

Elizabeth Swann. Sie stand ganz ruhig, aber ihre großen, braunen Augen waren hellwach und beobachteten alles. Shanghai glich in keiner Weise ihrer Heimatstadt Port Royal mit seinen gepflegten Straßen und stattlichen Häusern. Früher hatte sie Korsettkleider getragen – doch hier war ein brauner, unförmiger Umhang eine wesentlich bessere Kleidung.

Eine alte Frau kauerte über einem Berg Fischabfälle. In der Nähe blies ein Mann Glas über einem Kohlefeuer. Die rote Glut spiegelte sich in der glatten Kugel. Eine Explosion zu ihrer Rechten ließ sie aufschrecken: Aus einem Feuerwerksschuppen hüpfte eine Feuerkugel heraus; die Funken sprühten in alle Richtungen. Ein Junge rannte lachend hinterher und trat die Funken mit den Füßen aus.

Elizabeth schauderte, als der Schatten eines Affen an ihr vorbeiflitzte. Sie fuhr weiter, immer noch singend, bis sie eine Anlegestelle erreichte. Sie vertäute das Boot und ging an Land.

Plötzlich unterbrach sie ihr Lied und duckte sich. Ein Trupp der East India Trading Company marschierte an ihr vorbei, angeführt von Becketts Handlanger Mercer. Er durfte ihr Lied auf keinen Fall hören. Es sollte sie als Piratin zu erkennen geben, aber nur gegenüber anderen Piraten und ganz sicher nicht ihren Häschern gegenüber, die sie hinrichten lassen wollten.

Einen Augenblick später war das Trampeln ihrer Stiefel verklungen, und Elizabeth nahm das Lied wieder auf.

„Hisst die Flaggen! He ho …"

„Diebe, Bettler!", erwiderte eine andere Stimme den Gesang. „Niemals woll'n wir vergeh'n."

Elizabeth richtete sich auf, und ein Mann trat aus einem riesigen Kanalrohr. Zwei bewaffnete Wächter begleiteten ihn. Er war groß und imposant, ein drahtiger Mann in einer schwarzen Kutte. Mit dem spitzen Degen an seiner Seite und seinem stechenden Blick wirkte er sehr gefährlich.

Obwohl der Mann so bedrohlich aussah, seufzte Elizabeth erleichtert auf. Sie hatte nach ihm gesucht, oder vielmehr nach seinem Herrn. Tai Huang würde sie zu Sao Feng, dem Piratenlord von Singapur, führen.

Tai Huang kniff die Augen zusammen und musterte sie von oben bis unten.

„Ein gefährliches Lied", bemerkte er drohend, „für diejenigen, die seine wahre Bedeutung nicht kennen." Er machte einen Schritt auf sie zu. „Besonders für eine Frau ohne Begleitung."

„Weshalb glaubt Ihr, sie sei ohne Begleitung?“, erklang eine Stimme hinter ihnen.

Tai Huang und seine Wachen fuhren herum. Da stand Barbossa mit einem breiten Lächeln auf dem wettergegerbten Gesicht.

„Steht sie unter Eurem Schutz?“, fragte Tai Huang.

„Warum haltet Ihr mich für schutzbedürftig?“, fragte Elizabeth. Tai Huang erstarrte. Elizabeth zischte ihm direkt ins Ohr; ihr Dolch drückte gegen seine Kehle.

„Na, na“, beruhigte Barbossa sie.

„Euer Herr erwartet uns“, sagte er, „und ein unerwarteter Todesfall würde einen Schatten auf unser Zusammentreffen werfen.“

Langsam senkte Elizabeth den Dolch, steckte ihn aber nicht weg.

Tai Huang betastete seine Kehle und sah den alten Piraten an. „Ihr seid Captain Barbossa“, stellte er fest.

„Aye“, erwiderte der, „und das ist Elizabeth Swann. Sao Feng hat uns eine gefahrlose Anreise zugesagt.“

Huang nickte bedächtig. „Solange es sein Wille ist“, sagte er finster. Er wirbelte herum, die

Schöße der Kutte flogen, doch plötzlich hob er eine Hand. Alle erstarrten.

Das Geräusch von marschierenden Stiefeln kündigte einen weiteren Trupp Häscher der East India Trading Company an. Tai Huang wartete, bis die Männer um eine Ecke gebogen waren, dann bedeutete er den anderen, ihm in das große Kanalrohr zu folgen.

Als Elizabeth und Barbossa in der Dunkelheit verschwanden, geschah ganz in der Nähe etwas Seltsames.

Auf einer der vielen morschen Brücken, die über die Kanäle und Wasserwege von Singapur führten, standen einige Matrosen der East India Trading Company Wache. Hätten Sie über das Geländer auf das Wasser geschaut, wären ihnen vielleicht die vorbeitreibenden Kokosnüsse aufgefallen.

Denn diese hätten die Häscher ganz gewiss interessiert. Sie waren nämlich Helme, und unter jedem einzelnen steckte ein Mitglied von Jack Sparrows ruchloser Crew.

In der Dunkelheit unter der Brücke erhob sich einer von ihnen aus dem Wasser. Ragettis gesundes Auge rotierte, während sein Holzauge stur geradeaus starrte. Hinter ihm kamen Pintel, Gibbs, Cotton und Marty zum Vorschein.

Sie nahmen ihre Nusshelme ab und schwammen zu einem Metallgitter. Aus den Öltuchbündeln, die sie bei sich hatten, holten sie große Feilen hervor.

Dann warteten sie.

Das Eisen ächzte auf. Die Männer der East India Trading Company standen plötzlich stramm. Was war das für ein Geräusch?

Einen Augenblick später zockelte eine Frau mit einem Karren heran. Die Räder quietschten. Der Karren war mit mehreren Kanarienvogelkäfigen, mit klirrenden Flaschen und Mehlsäcken beladen. Auf dem obersten Käfig saß ein bunter Papagei und neben ihm ein Affe mit einer Drehorgel.

Genau darauf hatte Jacks Crew gewartet. Die Orgelmusik, die quietschenden Räder und das Klappern des Karrens übertönten alle anderen Geräusche. Es war höchste Zeit. Hektisch begannen die Männer, an dem Gitter zu feilen.

Der Karren rollte immer näher. Die Männer tauschten einen misstrauischen Blick. Sie traten vor und hielten die Frau an.

Die Musik verstummte. Unter der Brücke hielten die Männer inne.

Ein Häscher zog seinen Degen und richtete ihn auf den Affen.

„Du kannst hier nicht durch“, sagte der andere barsch zu der Frau.

Sie blickte zu ihm auf. Es war die Wahrsagerin Tia Dalma, aber das wusste der Mann nicht. Sie beugte sich langsam vor und flüsterte drohend: „Deine Mutter weiß, dass du die Wäsche in den Brunnen geworfen hast!“

Der Mann fuhr erschrocken zurück. Er starrte die Frau furchtsam an.

„Woher weißt du das?“, stammelte er.

Sie grinste und entblößte dabei eine Reihe schwarzer Zähne. „Die Vögelchen haben es mir gezwitschert“, wisperte sie.

Die Männer wichen zurück. Sie wussten zwar nicht, welcher Zauber hier wirkte, aber sie wollten auf keinen Fall etwas damit zu tun haben. Der Affe Jack ergriff die Kurbel und drehte die Orgel, sodass die fröhliche Musik das Feilen unter der Brücke übertönte.

Tai Huang führte Elizabeth und Barbossa durch ein baufälliges Badehaus. Es diente Sao Feng als Versteck und wurde streng bewacht. Elizabeth schaute sich wachsam um, alle Sinne in Alarmbereitschaft. Jeder hier konnte ein Pirat sein – oder schlimmer, ein Mitglied der East India Trading Company.

Sie zupfte Barbossa am Ärmel und flüsterte: „Gibt es Neues von Will?“

Barbossa schüttelte den Kopf. „Der Junge kann auf sich selbst aufpassen“, sagte er. „Aber um Euch mache ich mir Sorgen – ein wenig mehr Zurückhaltung würde Euch in Sao Fengs Gegenwart gut zu Gesicht stehen.“ Er zwinkerte ihr zu.

„Er ist richtig furchteinflößend, nicht wahr?“, fragte Elizabeth.

„Genau wie ich“, antwortete Barbossa, „wenn man mein gütiges Wesen und meinen Gerechtigkeitssinn abzieht.“ Er grinste böse.

Tai Huang blieb vor einer Tür stehen und klopfte einen Code aus kurzen Schlägen. Ein schmaler Schlitz im Holz öffnete sich, und ein Augenpaar wurde sichtbar. Die drei wurden eine Weile gemustert, dann verschwanden die Augen, und der Spalt wurde geschlossen. Bolzen und Scharniere knirschten, und die Tür schwang auf.

Elizabeth und Barbossa wollten schon eintreten, da drehte sich Tai Huang plötzlich um und trat ihnen in den Weg.

„Waffen. Ablegen, bitte." Elizabeth entnahm seinem Tonfall, dass es sich hier nicht um eine Bitte handelte. Es war ein Befehl.

„Natürlich", sagte Barbossa fröhlich. Er händigte Tai Huang seine Pistole und seinen Degen aus, und Elizabeth tat es ihm nach. Doch als die beiden weitergehen wollten, hob Tai Huang die Hand und musterte Elizabeth.

„Glaubt Ihr, nur weil sie ein Weib ist, trauen wir ihr keine Arglist zu?", fragte er. „Ablegen, bitte."

Elizabeth seufzte und zog ihren Umhang aus. Im Futter steckten zwei Degen.

Wieder wollte sie weitergehen, doch Tai Huang ließ sie nicht durch. „Ablegen, bitte."

Elizabeth wollte widersprechen, doch sie hatte keine Chance. Jede einzelne Waffe musste sie abgeben. Um diese Demütigung noch zu verstärken, musste sie ein Kleid anziehen, das keinerlei Versteck für Waffen bot. Wütend funkelte Elizabeth die Männer an und zerrte an dem kurzen blauen Seidenhemdchen, um ihre nackten Beine wenigstens ein wenig mehr zu bedecken. Missmutig und unbewaffnet folgte sie dann Barbossa und Tai Huang ins Badehaus.

Sie durchquerten ein Labyrinth aus lecken, rostigen Rohren, algenbewachsenen Badewannen und halbnackten Piraten. Elizabeth schaute sich genau um. Diese Piraten hörten auf Sao Fengs Befehl. Und sie alle trugen sein Zeichen: eine auffällige Drachentätowierung.

Schließlich betraten sie einen sauberen und warmen Raum. Der Piratenlord von Singapur stieg soeben aus der Badewanne. Schweigend kleideten ihn zwei wunderschöne Dienerinnen in prächtige Piratenkleider.

Elizabeth suchte einen Hinweis auf Schwäche in dem narbigen, verwitterten Gesicht. Doch die Augen des mächtigen Piraten blickten dunkel und kalt und verrieten nichts. Einige Narben lagen wie Strahlen um seine Augen und verstärkten so seine bedrohliche Aura.

Sie warteten lange Zeit. Sao Feng schien sie nicht bemerkt zu haben, oder er ignorierte sie einfach. Schließlich begriff Barbossa, dass er zuerst sprechen sollte.

„Captain Sao Feng“, begann er mit ruhiger Stimme, „vielen Dank, dass Ihr mir diese Audienz gewährt.“

Sao Feng blickte überrascht auf, als hätte er sie eben erst entdeckt. „Captain Barbossa!“, rief er. „Willkommen in Singapur.“ Mit einer Handbewegung befahl er dem Wächter neben ihm: „Mehr Dampf!"

Die Wache klopfte zweimal an die Wand, und plötzlich quoll eine Dampfwolke aus den Rohren.

„Wie ich hörte, wollt Ihr mich um etwas ersuchen?", fragte Sao Feng Barbossa.

„Und Euch ein Angebot unterbreiten", gab Barbossa zurück. „Ich bin in einer Mission unterwegs und benötige ein Schiff mit Besatzung."

Sao Feng richtete sich auf und lächelte schlau. „Und Ihr haltet mich dieser Ehre für würdig? Ein Schiff mit Besatzung ..." Er lachte. „Das ist ein seltsamer Zufall."

„Weil Ihr zufällig ein Schiff habt, das Ihr nicht braucht?", fragte Elizabeth frech. Barbossa warf ihr einen warnenden Blick zu, aber Sao Feng lächelte nur breit, sodass die Narben in seinen Augenwinkeln fast verschwanden.

„Nein", sagte er. „Weil heute Morgen jemand in den Tempel meines hochverehrten Onkels eingebrochen ist und versucht hat, etwas zu stehlen."

Sao Feng durchquerte den Raum mit großen Schritten und blieb vor einem alten Mann stehen. Der Greis trug ein langes Gewand und presste einige sehr alte Schriftrollen an die Brust. Der Piratenlord griff nach den Rollen, musste aber einige Male mit strenger Miene daran zerren, bis der Alte sie ihm überließ.

Sao Feng drehte sich zu Barbossa und Elizabeth um. „Seekarten“, sagte er und hielt die Rollen mit einer dramatischen Geste in die Höhe. „Der Weg zum Ende der Welt“, sagte er leise und wartete auf ihre Reaktion. „Wäre es nicht herrlich, wenn Eure Mission Euch bis ins Reich der Toten führen würde?“

Barbossa schluckte. „Es wäre zunächst einmal kaum zu glauben“, polterte er dann.

Sao Feng sah ihn ungerührt an. Dann nickte er, und zwei Wachen gingen zu einer der mit Wasser gefüllten Wannen. Die Wachen beugten sich vor und zerrten eine Person aus dem Wasser.

Es war Will Turner.

Kapitel 3

Will Turner war unglücklich.

Es gab etwas, wovon Elizabeth nichts ahnte.

Will hatte gesehen, wie sie Jack auf der *Black Pearl* geküsst hatte.

Natürlich wusste er nicht, dass sie es nur getan hatte, um Jack zu täuschen, und dass sie Jack dabei an den Mast gekettet hatte. Er glaubte, dass Jack freiwillig mit seinem Schiff untergegangen war. Will nahm an, dass Elizabeth nichts mehr für ihn selbst empfand und stattdessen nun Jack liebte.

Will war es daher recht gleichgültig, dass Jack Sparrow nicht mehr lebte. Wenn es nach ihm gegangen wäre, hätte es ruhig dabei bleiben können. Doch auch Will hatte einen Auftrag, und leider war es Bestandteil dieses Auftrags, Jack zu helfen.

Beckett hatte Will vor einiger Zeit befohlen, Jack und seinen Kompass aufzuspüren, und dann war Will auf der *Flying Dutchman* gelandet – was Jacks

Gerissenheit zu verdanken war. Für kurze Zeit war Will Davy Jones' Gefangener gewesen, und dabei hatte er eine schreckliche Entdeckung gemacht. Sein Vater, ein Pirat namens Stiefelriemen Bill Turner, war Sklave auf der *Flying Dutchman*. Er hatte einmal zur Crew der *Black Pearl* gehört, war aber ins Meer geworfen worden und auf den Grund gesunken, als er versucht hatte, der Meuterei Barbossas gegen Jack zu entkommen. Durch den Fluch des Aztekengoldes wäre er für immer dort gefangen gewesen. Als Davy Jones ihn aufspürte, war Bill daher nur zu gerne bereit, sich auf einen Handel mit ihm einzulassen. Doch er hatte einen furchtbaren Preis zahlen müssen: 100 Jahre musste er Jones zu Diensten sein.

Auch Stiefelriemen Bill war – wie die restliche Crew – inzwischen vollkommen mit Seepocken und Muscheln verwachsen. Er war Davy Jones' Sklave.

Mit der Zeit hatte er seine Persönlichkeit immer mehr verloren, bis er buchstäblich zu einem Teil des Schiffes wurde. Noch lange vor Ablauf der 100 Jahre schien Bill für immer verloren – nur eine weitere gepeinigte Seele, die die *Flying Dutchman* verschlungen hatte.

Als er seinen Vater wiedergefunden hatte, schwor Will, ihn zu retten, koste es, was es wolle.

Doch um das zu tun, brauchte er ein Schiff – und zwar das schnellste, das einzige, das die *Flying Dutchman* einholen konnte: die *Black Pearl.* Deshalb musste er Jack finden. Denn wo Jack war, war auch die *Black Pearl.*

Und nun befand sich Will wehrlos und durchnässt in Sao Fengs Badehaus. Der Piratenlord zerrte ihn zu Elizabeth und Barbossa hinüber.

„Das ist der Dieb!", knurrte er. „Kennt Ihr ihn?"

Es gelang Elizabeth, eine steinerne Miene aufzusetzen. Auch Barbossa gab sich ungerührt. Sie taten, als hätten sie Will noch nie im Leben gesehen.

Sao Feng musterte die beiden und zuckte dann mit den Schultern. „Nein?" Er ergriff einen großen Metallspieß von einem nahe stehenden Tisch. Es war ein Fitt, ein nadelspitzes Werkzeug, mit dem man Taue drehte. Sao Feng fuhr mit der Spitze des Fitts über Wills Wange. „Dann habe ich keine weitere Verwendung für ihn."

Er machte eine rasche Bewegung, und Elizabeth zuckte zusammen. Sie konnte nichts dagegen tun. Sao Feng bedrohte ihren Verlobten – den sie liebte.

Sao Feng hatte ihre Reaktion bemerkt und runzelte die Stirn. Sein Verdacht hatte sich bestätigt. Er war sicher, dass die drei unter einer Decke steckten. Zwei kamen mit einer Bitte zu ihm, und unterdessen erstach ihn der Dritte hinterrücks.

„Ihr kommt in *meine* Stadt", knurrte Sao Feng, „Ihr beansprucht meine Güte und Großzügigkeit und nutzt meine Gastfreundschaft aus?" Er brüllte jetzt. „Und wollt mich betrügen?"

Barbossa verbeugte sich und hob beschwichtigend die Hände. „Sao Feng", sagte er. „Ich versichere Euch, ich wusste nicht …"

„Dass ich ihn fangen würde!", unterbrach ihn Sao Feng.

Barbossa zuckte zusammen. Der Piratenlord hatte recht.

Sao Feng kniff die Augen zusammen und klopfte sich mit den Karten auf die Brust. Nach und nach wurde ihm das Rätsel nun klar. „Ihr wollt ans Ende der Welt reisen", stellte er fest. „Und ich frage mich: warum?"

Barbossa seufzte. Ehrlichkeit war jetzt angeraten, eine Eigenschaft, die Piraten nicht eben von Natur aus zu eigen war. Der ehemalige Captain der *Black Pearl* holte etwas Münzenähnliches aus der Tasche und warf es Sao Feng zu. Der fing es in der Luft auf und betrachtete es eingehend.

Das Gesicht des Piratenlords nahm einen besorgten Ausdruck an. „Ein Achterstück … Es ist also wahr“, murmelte er.

„Aye“, erwiderte Barbossa. „Unsere Zeit ist gekommen. Die Piratenbruderschaft wurde einberufen.“

Sao Feng schlug mit der Faust gegen die Wand. „Mehr Dampf!“, bellte er.

Ein Stockwerk tiefer saßen die beiden Männer, die normalerweise den Dampfbadkessel bedienten. Jetzt waren sie allerdings gefesselt. Sie waren von Jacks Männern überwältigt worden, die durch den Dampftunnel zu ihnen gekrochen waren. Als Cotton Sao Fengs Ruf hörte, stürzte er schnell zum Kessel und fand heraus, wie er funktionierte. Schon bald schoss der Dampf hinauf.

Die anderen Piraten rollten ihre Ölzeugbündel auseinander. Darin befanden sich Degen, Pistolen und Granaten. Sie steckten die Granaten zwischen die Deckenbalken, damit die Explosion möglichst viel Schaden anrichtete.

Gibbs und Ragetti tauschten einen Blick. Sie

befanden sich direkt unter dem Raum, in dem ihre Freunde gerade mit Sao Feng verhandelten. Wenn es nicht nach Plan lief, dann konnten nur sie Will, Elizabeth und Barbossa helfen, dem Piratenlord lebend zu entkommen.

Sao Feng sog den Dampf ein. „Das Gericht ist nie zusammengetreten, nicht zu meinen Lebzeiten", sagte er.

„Ganz recht", sagte Barbossa.

Sao Fengs Hand wanderte hinauf zu dem Achterstück, das um seinen Hals hing. „Und mein Vater sagte, als es zum letzten Mal tagte, nahm es ein schlechtes Ende."

„Doch davor hat es den Ehrenkodex beschlossen", warf Barbossa ein, „und der hat uns gute Dienste geleistet. Und die erste Zusammenkunft hat uns nichts Geringeres als die Herrschaft über die Weltmeere eingebracht, nicht wahr?"

Barbossa meinte damit die Legende von Calypso, einer mächtigen Meeresgöttin. Die erste Bruderschaft aus neun Piraten hatte Calypso gefangen genommen und sie in einen Menschenkörper verbannt. Damit konnte die Göttin ihnen keine zerstörerischen Seestürme mehr schicken, und die Piraten waren die absoluten Herrscher über die Weltmeere geworden. Es war der Wendepunkt für alle Piraten.

Barbossas Stimme wurde tiefer und bedeutsamer. „Und nun wird diese Vorherrschaft bedroht."

„Von der East India Trading Company", zischte Sao Feng. Auch er hatte die Zerstörung gesehen, die diese Handelsgesellschaft angerichtet hatte. Er hatte von den Massenhinrichtungen gehört, und einige seiner Männer waren brutal abgeschlachtet worden. Er wusste, dass die Piraten nicht nur ihr Leben, sondern auch die Macht über die Meere verlieren konnten, und zwar endgültig.

„Lord Cutler Beckett ist unsere Geißel", sagte Barbossa und nickte.

Sao Feng lief nun auf und ab. „Auf uns alle sind Kopfgelder ausgesetzt. Ein Pirat kann also nur noch reich werden, indem er andere verrät." Er warf Will einen eindringlichen Blick zu, dann wandte er sich wieder an Barbossa. „Doch ein Pirat ist entweder Kapitän oder Teil der Besatzung; und neun Kapitäne, die sich über den Kurs streiten, sind acht Kapitäne zu viel."

Er schüttelte den Kopf und fuhr fort: „Was kann die Bruderschaft gegen die Trading Company ausrichten? Was können wir überhaupt tun?"

Elizabeth konnte sich nicht länger zurückhalten. „Wir können kämpfen!“, rief sie.

Alle drehten sich zu ihr um und starrten sie an. Sie war maßlos enttäuscht. Was war nur los mit diesen Piraten? Begriffen sie denn nicht, was da draußen geschah? Glaubten sie nicht mehr an den Ehrenkodex? Wollten sie die See – ihre See – nicht zurückerobern?

„Sao Feng, Ihr seid der Piratenlord von Singapur“, sagte sie mutig und trat einen Schritt vor. „Ihr seid Kapitän im Zeitalter der Piraten, kühne Kapitäne besegeln die freien Meere, die Wellen werden nicht in Fuß, sondern in dem Schrecken gemessen, den sie erzeugen, und wer sie bezwingt, wird zur Legende.“

Ein großer Pirat mit Drachentätowierung versuchte, sie zurückzuzerren, aber sie machte sich los und ging noch einen Schritt auf Sao Feng zu.

Mit kaum unterdrückter Leidenschaft brachte sie hervor: „Wollt Ihr etwa zusehen, wie dieses Zeitalter zu Ende geht?“

Sao Feng erwiderte ihren Blick mit undurchdringlicher Miene.

„Schaut Euch doch an“, fuhr Elizabeth fort, und ihre Stimme triefte vor Verachtung, „Eure Schiffe verrotten am Dock, während Ihr Euch in der Badewanne versteckt!"

Der Piratenlord hob die Brauen, und Elizabeth verstummte. War sie zu weit gegangen? Sie hielt den Atem an, während er langsam um sie herumging. Sein Blick war wie der eines Raubtiers, das seiner Beute auflauerte.

„Elizabeth Swann", sagte er. „In Euch steckt mehr, als man auf den ersten Blick vermuten mag, und das, obwohl auf den ersten Blick nichts fehlt." Er lächelte sie charmant an, und zu ihrem eigenen Schrecken erwiderte sie sein Lächeln unwillkürlich.

Sao Feng richtete sein Wort wieder an Barbossa. „Doch leider muss ich feststellen, dass Ihr meine Frage noch nicht beantworten konntet: Was sucht Ihr im Totenreich?"

„Jack Sparrow", antwortete eine Stimme hinter Sao Feng knapp. Will Turner strich sich das feuchte Haar aus dem Gesicht und richtete sich zu voller Größe auf. Gelassen und furchtlos sah er dem Piratenlord ins Auge.

Sao Feng erstarrte. Es war totenstill. Barbossa schaute gequält drein.

„Er ist Piratenlord, wie Ihr", sagte Will.

Eine der Dienerinnen kicherte, verbarg aber

ihr Lächeln, als Sao Feng sie drohend anstarrte. Auch die andere Dienerin hielt sich die Hand vor den Mund; die beiden waren dem legendären Jack Sparrow offenkundig schon einmal begegnet.

Will und Elizabeth konnten sehen, wie sehr allein Jack Sparrows Name Sao Feng reizte. An seiner Schläfe pulsierte eine Ader, während er versuchte, ruhig zu sprechen.

„Es gibt nur einen Grund, warum ich Jack Sparrow gern aus dem Totenreich zurückholen würde: damit ich ihn persönlich dorthin zurückschicken kann!“, zischte der Piratenlord.

Barbossa verdrehte die Augen und starrte Will wütend an. „Genau deshalb hätten wir es vorgezogen, seinen Namen ungenannt zu lassen“, sagte er.

„Ihr gebt also zu, dass Ihr mich täuschen wolltet“, sagte Sao Feng. Sein Blick wanderte misstrauisch umher, und plötzlich entdeckte er etwas Seltsames. Vor einem der Dampfrohre stand einer seiner Männer. Dessen Drachentätowierung zerrann in der feuchten Hitze. Sie war nur aufgemalt! Ein Spion also, der nicht davor zurückgeschreckt war, seine Gefolgschaft zu unterwandern. Sein Name war Steng, und er war vor einiger Zeit zur Gruppe gestoßen. Mit zusammengekniffenen Augen musterte Sao

Feng den Mann. Gehörte er auch zu Barbossa? Das Täuschungsmanöver wurde immer ausgeklügelter.

Barbossa ahnte nichts von Sao Fengs Verdacht, und deshalb versuchte er weiterhin, ihn davon zu überzeugen, dass sie das Richtige taten.

„Jack Sparrow besitzt eines der neun Achterstücke!“, sagte er. „Es gelang ihm nicht, es vor seinem Tod an einen Nachfolger weiterzugeben.“ Tai Huangs und Sao Fengs Blicke trafen sich. Unauffällig deutete Sao Feng auf Steng. Barbossa sprach unterdessen weiter: „Also müssen wir ihn zurück …“

„An die Waffen!“, brüllte Sao Feng plötzlich.

In Windeseile waren die Piraten zur Stelle. Bevor Will, Elizabeth und Barbossa sich rühren konnten, hatten Sao Fengs Leute Degen und Pistolen aus den Badewannen geholt und umringten die drei.

Barbossa hielt ihnen seine leeren Hände entgegen. „Ich versichere Euch, meine Absichten sind absolut ehrenhaft …“, begann er, doch dann wurde er unterbrochen – durch das Geräusch von Degen, die plötzlich von unten durch die Fugen des Holzbodens hinaufgereicht wurden. Die Piraten im Kesselraum hatten bemerkt, dass die Sache nicht gut stand, und hatten schnell reagiert, um ihre Freunde mit Waffen zu versorgen. Blitzschnell ergriff Elizabeth zwei Degen und warf einen zu Will hinüber. Barbossa hielt plötzlich in jeder Hand eine Waffe und strafte seine soeben vorgebrachte Beteuerung Lügen.

Sao Feng ergriff Steng und hielt ihm eine Klinge an die Kehle.

„Waffen fallen lassen, oder ich töte Euren Mann hier!“, rief er.

Verwirrtes Schweigen. Barbossa und Elizabeth schauten sich verblüfft an. Sie hatten den Mann noch nie gesehen.

„Tötet ihn nur“, sagte Barbossa achselzuckend, „er gehört nicht zu uns.“

Sao Feng begriff, dass er diesmal die Wahrheit sagte. Aber …

„Wenn er nicht zu Euch gehört und auch nicht zu uns“, sagte Will und sprach damit Sao Fengs Gedanken aus, „zu wem denn dann?“

Die Antwort gaben die zerberstenden Fensterscheiben.

Die East India Trading Company!

Kapitel 4

Im Badehaus herrschte Chaos. Alle Piraten stellten sich der East India Trading Company entgegen. Sie mochten sich untereinander bekämpfen – die Handelsgesellschaft aber war eine Gefahr für sie alle.

Im Maschinenraum entzündeten Pintel und Ragetti die Granaten. Einen Augenblick später wurde das Gebäude von einer heftigen Explosion erschüttert. Der Holzboden brach ein und bildete eine Art Rampe zum Erdgeschoss. Rasch kletterten die Piraten die Rampe hinauf und beteiligten sich am Kampf.

Sao Feng schob Steng beiseite und stürzte sich als Anführer seiner Männer ins Getümmel. Der Staub des einstürzenden Gebäudes hüllte die Szenerie in dunkle Wolken. Das Klirren der Degen und das Knallen der Pistolen durchdrang die Dunkelheit.

Plötzlich entdeckte Elizabeth, dass Becketts Handlanger Mercer mit einer Horde Soldaten in das Badehaus eindrang.

Die Mauern fielen jetzt in sich zusammen, und die Piraten kletterten über die Trümmer hinweg ins Freie. Schüsse knallten, während die Piraten von Dock zu Dock sprangen, Taue und Strickleitern erklommen. Sie schwärmten in alle Richtungen aus und rannten um ihr Leben.

Pintel bemerkte Steng in dem Getümmel und hielt ihn ebenfalls für einen Piraten. Als ein Stapel Kisten neben Steng umzufallen drohte, stürzte Pintel daher vor und stieß ihn weg.

Steng wirbelte herum und stach mit seinem Messer nach ihm. Pintel wich zurück.

„He!", rief er. „Du bist doch ein Kollege!"

Pintel kannte nämlich den Piratenkodex und wusste, dass ein echter Pirat niemals seinesgleichen bekämpfen würde, wenn es gegen die Trading Company ging. Der Mann musste ein Betrüger sein!

Steng grinste und stieß wieder in Pintels Richtung. Als Pintel einen Satz nach hinten machte, prallte er gegen ein Geländer und machte einen Salto rückwärts in den Fluss. Spuckend und hustend tauchte er unversehrt wieder auf.

Die Häscher schwärmten aus und entdeckten den Karren der Tia Dalma. Die Wahrsagerin war verschwunden.

Mehrere Piraten eröffneten das Feuer auf die Soldaten, und diese gingen hinter dem Karren in Deckung. Doch jemand hatte die Käfige geöffnet, und die Kanarienvögel entwichen nun und flatterten aufgeregt umher. Irgendetwas stimmte nicht. Die Soldaten erkannten die Falle und sprangen auf. Doch in diesem Moment explodierte der Karren schon in einem riesigen Feuerball.

In der Nähe stürzte eine Wand ein, und Mercer wurde mitten im Kampf in eine dunkle Ecke geschleudert. Benommen rappelte er sich wieder auf und wollte sich schon wieder in den Kampf stürzen, als er wie vom Blitz getroffen innehielt.

Er wurde unbeabsichtigt Zeuge einer hochinteressanten Szene.

Sao Feng drückte eine Klinge an William Turners Kehle. Im Hintergrund gingen die Kämpfe weiter, doch hier, in der dunklen Ecke, waren Sao Feng und Will ungestört. Das glaubten sie zumindest.

„Ein seltsamer Zufall, was?“, zischte Sao Feng böse. „Die East India Trading Company überfällt mich just an dem Tag, an dem Ihr in Singapur auftaucht.“

„Das ist tatsächlich nur ein Zufall“, entgegnete Will.

Mit einer Drehung befreite er sich aus Sao Fengs Griff. Er zog sein eigenes Messer und stellte sich dem Piratenlord entgegen. Im Schatten verborgen grinste Mercer und zog seine Pistole. Das war die perfekte Gelegenheit, Will Turner und den Piratenlord von Singapur gleichzeitig zu erledigen. Mercer legte sorgfältig an.

„Ihr wollt Euch mit Beckett auf einen Tauschhandel einlassen?“, fragte Will. „Dann braucht Ihr etwas, das ich Euch anbieten kann.“

Mercer wartete.

„Ihr habt Barbossa verärgert, und Ihr wollt Jack Sparrow eins auswischen – warum sollte ich Besseres erwarten?“, fragte Sao Feng misstrauisch.

„Die vereiteln meine Pläne. Ihr werdet mir helfen, mein Ziel zu erreichen.“

Sao Feng nickte. Diese Art Logik verstand er. Und er nahm an, dass er von diesem hinterhältigen Geschäft gehörig profitieren würde.

„Wenn Ihr mich übers Ohr haut“, sagte er leise, „dann schlitze ich Euch die Kehle auf.“

„Also, abgemacht“, sagte Will.

Langsam senkten sie die Messer, und Sao Feng übergab Will die Karten, die ihm den Weg ins Totenreich weisen würden. Will nickte ihm zu und verschwand in der Dunkelheit. Mercer war ihm dicht auf den Fersen.

Elizabeth und Barbossa waren der Verfolgung entkommen und rannten nun zur Anlegestelle. Dort stand Will, und Barbossa erblickte sofort die Karten in seiner Hand.

„Ihr habt sie!“, jubelte er.

„Und noch mehr“, sagte Will und deutete auf Tai Huang hinter ihm. „Ein Schiff und eine Crew.“

„Und wo ist Sao Feng?“, fragte Elizabeth.

„Er wird die Verfolger ablenken und in Shipwreck Cove zu uns stoßen.“

Elizabeth wunderte sich. Warum hatte Sao Feng nun doch nachgegeben, obwohl er ihnen vorhin so entschieden widersprochen hatte? Vielleicht hatte der Angriff der East India Trading Company ihm vor Augen geführt, in welch großer Gefahr sie alle schwebten? Auf jeden Fall bekamen sie nun das, was sie von ihm wollten, und daher stellte Elizabeth auch keine weiteren Fragen mehr.

„Hier entlang“, sagte Tai Huang. „Schnell.“

Tia Dalma, Pintel, Ragetti und Cotton tauchten aus dem Nebel auf, und so folgten sie alle gemeinsam Tai Huang.

Mercer stand grinsend auf seinem Lauschposten. Die Bucht Shipwreck Cove also. Perfekt. Er musste eigentlich nichts unternehmen. Die Piraten bekämpften einander, und solange sie nicht gemeinsame Sache machten, stellten sie keinen echter Gegner für die East India Trading Company dar. Und was noch viel besser war: Er verfügte nun über Informationen, die Lord Beckett sehr interessieren würden. Der Treffpunkt der Piraten war ihm bekannt. Bald schon würden sie vernichtet – für immer und ewig.

Will Turner stand an der Reling der *Hai Peng* und schaute zu, wie Singapur in den Flammen versank. Das Feuer, das im Badehaus ausgebrochen war, griff nun rasch auf die Holzhütten und Stege über.

Während sein Blick auf den Flammen ruhte, waren seine Gedanken weit, weit fort. Er dachte an die Abmachung, die er mit Sao Feng getroffen hatte. Wenn er doch nur Elizabeth davon erzählen könnte … aber das war ausgeschlossen.

Jetzt verheimlichten sie eben beide etwas voreinander. Und sie würde seine Beweggründe ohnehin niemals verstehen, ebenso wenig wie er ihre Liebe zu Jack begriff.

Während das Schiff auslief, kam Barbossa empört auf ihn zu. „Ihr hättet Euch nicht erwischen lassen dürfen", polterte er.

Auch Elizabeth Swann stand an der Reling und beobachtete, wie das Feuer den Hafen verschlang. „Er kann sich nirgends mehr verstecken", sagte sie leise. „Glaubt Ihr, dass Sao Feng dem Ruf der Piratenbruderschaft folgen wird?"

Tia Dalma trat aus der Dunkelheit. „Das kann ich nicht sagen", murmelte sie, und ihr Blick schweifte weit über die brennenden Schiffe und Docks.

„Gar die tapfersten und blutrünstigsten Piraten fürchten sie ..."

Elizabeth schauderte. Tia Dalma sprach von der *Flying Dutchman*. Obwohl sie sich am anderen Ende der Welt befand, hatte Elizabeth das Gefühl, als lauere das Geisterschiff hier in der Tiefe des Ozeans.

Sie mussten Jack Sparrow retten. Denn es gab nur eine Hoffnung für die Piraten: Sie mussten sich verbünden, gegen Davy Jones und die East India Trading Company. Wenn ihnen das nicht gelang ... dann waren sie alle verloren.

Kapitel 5

Es schneite.

Will streckte die Hand aus und fing eine Schneeflocke. Neugierig schaute er zum Himmel auf. Dunkelgraue Wolken türmten sich am Himmel. Kalter Wind pfiff durch die Segel und ließ die Piraten erschauern.

Die *Hai Peng* fuhr durch eine Eislandschaft. Sie waren dem Ende der Welt ganz nahe.

Scharfkantige, blau-weiße Gletscher erhoben sich ringsum aus dem Wasser und reflektierten das schwache Licht. Das Meer war dunkel und aufgewühlt, und es schneite in dicken Flocken.

Steuermann Gibbs spähte konzentriert in die düstere, graue Welt hinaus und navigierte das Schiff umsichtig durch die treibenden Eisschollen.

Will gesellte sich zu Tai Huang, der sich über die Seekarten Sao Fengs beugte. Sie sahen völlig anders aus als alle Karten, die Will jemals gesehen hatte. Seltsame Kreise, die sich innerhalb größerer Kreise drehten. Nichts blieb an Ort und Stelle, alles auf der Karte bewegte sich. Auf die Kartenränder waren seltsame Rätsel geschrieben.

„Nichts hat seinen festen Platz“, bemerkte Will verwirrt. „Sie können gar nicht so exakt sein wie moderne Karten.“

„Nein“, sagte Tai Huang geheimnisvoll, „aber sie führen uns an eine größere Anzahl von Orten.“ Ohne eine weitere Erklärung ging er davon. Will sah ihm stirnrunzelnd nach. Dann schaute er wieder auf die Karten und las halblaut einen der rätselhaften Verse vor. „Über den Abgrund, zurück und wieder hinauf, Sonnenuntergang geht auf, grüner Blitz. Hm … Barbossa!“, rief er dann laut. Vielleicht wusste der alte Pirat zu helfen. „Hättet Ihr die Güte, mir das zu erklären?“

Barbossa lächelte unbeschwert. Ohne Will eine Antwort zu geben, wandte er sich dem Steuermann zu. „Habt Ihr jemals den grünen Blitz gesehen, Mister Gibbs?“, fragte er den Piraten.

Gibbs wackelte bedächtig mit dem Kopf und kraulte seinen grau melierten Bart. „Könnte nicht behaupten, dass nicht“, sagte er. Zu Will sagte er: „Manchmal schießt mit den letzten Strahlen der untergehenden Sonne ein grüner Blitz über den Himmel." Die eine Hand fest am Steuer, beschrieb er mit der anderen eine ausladende Geste. „Manche sehen ihn ihren Lebtag nicht, manche behaupten, ihn gesehen zu haben, auch wenn es nicht stimmt. Manche sagen –"

Pintel fiel ihm ins Wort: „dass man ihn sieht, wenn eine Seele aus dem Totenreich zurückkommt!"

Gibbs warf ihm einen wütenden Blick zu.

„'tschuldigung", sagte Pintel und gesellte sich zu Ragetti, der an der Reling stand.

„Versteht das denn niemand?", sagte der holzäugige Pirat zu seinem Freund. „Es ist ein Rätsel. Rätsel machen Spaß! Über den Abgrund, zurück …"

„Rätsel machen überhaupt keinen Spaß!", platzte Pintel heraus. „Es ist doch immer dasselbe, am Ende stirbt irgendein armer Kerl, und kurz vorher wird ihm klar, nein, ich hätte nicht auf die Sirenen hören sollen, ich hätte den Gral nicht stehlen sollen, und dann ist es zu spät, und er stirbt auf grausame und oftmals ironische Weise, und in dieser Geschichte, das wette ich, sind wir die zwei armen Kerle!"

Während Pintel sprach, war seine Stimme immer lauter geworden, und Will konnte ihn klar und deutlich hören. Er schaute Barbossa mit besorgter Miene an. Ein grausamer und ironischer Tod gehörte ganz sicher nicht zu Wills Plan.

Barbossa lachte über Wills Gesicht. „Seid unbesorgt, Mr Turner“, sagte er freundschaftlich. „Wir werden den Weg schon finden. Das Totenreich zu betreten ist nicht das Problem – wieder zurückzukehren wird schwierig.“

Das konnte Will kaum beruhigen.

Am Abend trieb es Elizabeth wieder an Deck. Sie hatten die Eisberge weit hinter sich gelassen. Das Meer war nun ein dunkler Spiegel mit unzähligen Sternen. Sie stützte sich auf die Reling und starrte auf das Wasser, während ihr zahlreiche Fragen durch den Kopf schossen. Würden sie Jack im Totenreich finden? Wie konnte man ihn von dort zurückbringen? Und – würde er ihr verzeihen, dass sie ihn dem Tod überlassen hatte?

Jack Sparrow war durch und durch Pirat, dachte Elizabeth. Er wusste, dass man mitunter unlautere Mittel anwenden musste, um das erwünschte Ziel zu erreichen. Er wusste auch, dass sie alle anderen gerettet hatte, indem sie ihn an den Mast kettete, und er schien sogar irgendwie stolz auf ihr piratenhaftes Verhalten gewesen zu sein. Doch das hieß nicht, dass er den Tod begrüßt hätte. Er würde ihr die Schuld geben, und sie fragte sich, wie er reagieren würde, wenn sie sich wieder begegneten.

Plötzlich sah sie eine Bewegung an Deck, und sie spürte Wills Anwesenheit, bevor sie ihn sah. Er kam näher und stellte sich neben sie. Die Arme ebenfalls auf die Reling gestützt, wirkte er völlig gedankenverloren, weit weg von Elizabeth. Er war beinahe ein Fremder für sie geworden. Sie liebte ihn noch, doch sie konnte nicht darüber sprechen, und auch nicht über ihre Schuldgefühle wegen Jacks Tod.

Will bewegte sich, als wollte er etwas sagen, wendete sich dann aber wieder ab. Elizabeth schaute ihn an, doch er wich ihrem Blick aus. Nach einer Weile trat sie schließlich von der Reling zurück und ging langsam fort.

Will betrachtete das Meer mit den Sternen darin, doch seine Gedanken waren ganz woanders.

Plötzlich weckte ein seltsames Geräusch seine Aufmerksamkeit. Er beugte sich vor. Es klang wie … ein Tosen.

„Barbossa!“, schrie Will und wirbelte herum. „Hört Ihr das?“

Barbossa, der am Steuer stand, legte sich eine Hand ans Ohr. Grinsend sagte er: „Aye, das Geräusch kenne ich. Wir sind auf dem richtigen Weg – denn wir haben ihn verloren!"

„Den Weg verloren?", fragte Elizabeth beunruhigt.

„Man muss schon verloren sein, um einen Ort zu finden, der nicht zu finden ist." Barbossa zwinkerte ihr zu. „Sonst wüsste doch jeder, wo er ist, oder?" Er fing an zu lachen.

Will merkte, dass sich das Schiff von selbst drehte. Es wurde zu dem tosenden Geräusch hingezogen! Barbossa wirkte immer noch amüsiert.

„An Deck!", schrie Will und weckte damit die Crew. „Alle Mann an Deck!" Während die Piraten an Deck strömten, hangelte er sich die Takelage hinauf, um einen besseren Ausblick zu haben. Das Tosen des Wassers wurde immer lauter, und das Schiff schien stark zu beschleunigen.

In einiger Entfernung vor ihnen konnte Will eine Linie aus weißem Schaum erkennen. Sie schien sich über den gesamten Horizont zu erstrecken, also konnten sie sie nicht umfahren, sondern sie mussten wenden. Oder war es dafür schon zu spät? Das Schiff schoss genau auf die Linie zu und wurde sogar immer schneller, als werde es dorthin gesogen.

„Hart Backbord!", brüllte Will so laut er konnte. „Hart Backbord! Fahrt aufnehmen und auf Kurs halten!“ Wenn sie alle Segeltricks aufwendeten, dann sollten sie doch der Gefahr entkommen können!

Doch als die Piraten schon losstürzten, um Wills Befehl auszuführen, trat Barbossa vor und donnerte: „Halt! Lasst sie weiterfahren!“ Er griff nach dem Steuerrad, doch Will stieß ihn beiseite und begann, es so schnell wie möglich zu drehen. Die *Hai Peng* begann zu wenden, doch nicht weit genug. Es war schier unmöglich, dem Sog zu entkommen.

Mit Entsetzen wurde Elizabeth plötzlich klar, was da vor ihnen lag: ein Wasserfall! Ein gewaltiger Wasserfall, der vom Rand der Welt direkt ins Nichts hinabstürzte.

Wie die Ruhe selbst trat Tia Dalma mitten unter die panischen Piraten an Deck. Sie warf einen Satz Krebsscheren auf einen Fassdeckel und beugte sich murmelnd über das Orakel.

„Malfaiteur en tombeau, crochir l'esplanade, dans le fond de l'eau!“ Sie wiederholte die Beschwörung, schneller, und dann noch einmal langsamer. Unterdessen bewegte sie die Scheren in einem komplizierten Muster. Das Tosen wuchs nun zu einem ohrenbetäubenden Lärm an und übertönte ihre Stimme, doch sie schaute nicht einmal auf. Es schien sie nicht zu kümmern, dass das Schiff gleich den Rand der Welt hinabstürzen würde.

Unterdessen hantierte Will immer noch am Steuerrad, und Barbossa stand hinter ihm und lachte ihn aus. Elizabeth rannte herbei und schüttelte Barbossa.

„Ihr stürzt uns alle ins Verderben!", schrie sie.

„Seid nicht so unwirsch!", entgegnete er. „Vielleicht überlebt Ihr die Reise nicht … und dann sind das Eure letzten Worte!" Er schüttelte missbilligend den Kopf.

Will stemmte sich mit aller Macht gegen das Steuerrad. Die *Hai Peng* machte tatsächlich eine Wende. Das Schiff schien einen Augenblick stillzustehen, den Rumpf parallel zur Kante. Die Piraten schauten über die Reling direkt in das schwarze Nichts unter ihnen.

Und dann, mit einem widerwärtigen Quietschen, neigte sich das Schiff seitwärts und fiel.

Alle Piraten außer Barbossa schrien vor Angst auf, als das Schiff tiefer und immer tiefer stürzte – hinab in die bodenlose Schwärze.

Kapitel 6

Captain Jack Sparrow stand an Bord der *Black Pearl*. Sein rotes Kopftuch schien vor dem blauen Himmel noch stärker zu leuchten, und der daran befestigte kleine Talisman reflektierte bei jeder Kopfbewegung das Licht.

Er schob seinen Dreispitz in den Nacken und betrachtete den fernen Horizont. Heute würden sie ihn nicht mehr erreichen. Genau genommen – niemals.

Die Segel der *Black Pearl* hingen schlaff herab. Der Schiffsrumpf steckte halb im Sand einer riesigen, öden Wüste. Es herrschte völlige Windstille. Die Sonne brannte unbarmherzig auf Jack herunter.

Jack war ganz allein. Gefangen im Jenseits.

Er war tot, und es war ihm ganz egal.

Jack wedelte mit den Händen und pustete in Richtung eines Segels. Wie zu erwarten, blieb das völlig wirkungslos.

„Ich würde meine Seele für eine Brise geben", murmelte er, und ein Goldzahn blitzte im Licht der Sonne auf. „Eine Bö. Einen Hauch. Ein Lüftchen …"

Doch es gab keinen Wind, seit vielen Tagen nicht. Jack hatte keine Ahnung, wie lange er schon tot war. Er wusste nur, dass es eine äußert unerfreuliche Erfahrung war.

Er schwang sich über die Reling in den Sand. Seine abgetragenen, kniehohen Stiefel sanken ein, und mit großer Mühe wankte er zu einem Tau, das am Rumpf der *Pearl* befestigt war. Er griff nach dem Tau. Mit übermenschlicher Anstrengung zerrte er daran, um das Schiff aus eigener Kraft durch den Sand zu ziehen, doch natürlich war das sinnlos. Das Schiff rührte sich nicht.

Jack ließ sich in den Sand fallen. „Kein Wind", sagte er traurig.

Neben ihm lag ein Haufen glatter, runder Steine im Sand. Er griff nach einem und schleuderte ihn weg, sodass er über den Sand hüpfte.

Zu seiner größten Überraschung hielt der Stein mitten im Hüpfen inne und rollte zu Jack zurück.

Er blieb neben seinem Stiefel liegen und begann zu schaukeln – hin und her, hin und her, immer schneller. Plötzlich zeigten sich Risse auf der Oberfläche des Steins. Dann öffnete er sich wie ein Ei, und der Stein verwandelte sich in einen kleinen Krebs.

Jack starrte den Krebs an. Er hätte schwören können, dass der Krebs ihn auslachte.

„Wunderbar", sagt Jack. „Das fehlte mir gerade noch zu meinem Glück – ein spottender Krebs!"

Er warf eine Handvoll Sand nach dem Krebs, und er trippelte beiseite. Jack seufzte schwer, ließ sich rückwärts in den Sand fallen und schloss die Augen.

Deshalb konnte er auch nicht sehen, wie der Krebs wieder zu ihm hintrippelte und seine Krebsaugen auf ihn richtete. Dann bewegte er sich seitwärts zum Boot hin, und dann ganz eilig zu dem Steinhaufen.

Die Zeit verging. Jack grillte in der Sonne und ertrank in Verzweiflung.

Plötzlich fiel ein Schatten auf sein Gesicht. Mit einem leichten Stirnrunzeln öffnete er die Augen und blinzelte.

Etwas bewegte sich über ihm.

Es war die *Black Pearl*! Sie schien auf dem Sand zu treiben!

Verdutzt rappelte Jack sich auf und begutachtete sein Schiff von allen Seiten. Die schwarz umrandeten Augen weiteten sich vor Erstaunen.

Die *Pearl* schwamm nicht – sondern Tausende von Krebsen trugen das Schiff auf ihren gepanzerten Rücken. Sie krabbelten über den Sand, und mit ihnen bewegte sich die *Black Pearl.*

„Interessant", sagte Jack.

Nicht allzu weit entfernt nahm ein anderes Schiff gerade ein weniger gutes Ende.

Wrackteile trieben im Meer oder lagen am Strand. Mehr war von der *Hai Peng* nicht übrig geblieben.

Pintel und Ragetti wateten zuerst aus dem Wasser. Trotz ihrer verzweifelten Lage grinste Ragetti über beide Ohren.

„Was ist denn in dich gefahren?", fragte Pintel, als sie sich in den Sand fallen ließen.

„Ich fand es lustig", sagte Ragetti in bester Laune.

„Es war überhaupt nicht lustig!", widersprach Pintel zornig.

Er starrte den strahlenden Ragetti an, dann sagte er zögernd: „Na ja, vielleicht ein bisschen, als das Schiff umkippte …"

„Und am Ende, der Aufprall im Wasser!", rief Ragetti vergnügt.

Unterdessen tauchten weitere Personen aus der Brandung auf. Elizabeth und Will schwammen an Land und krabbelten aus dem Wasser. Gibbs und Tia Dalma waren hinter ihnen, mit Cotton, Marty, Tai Huang und dem Rest der Crew. Zuletzt erreichte Barbossa den Strand, und an seinen Hut klammerte sich der kleine Affe.

Gibbs begutachtete die Küste in beide Richtungen. Vor ihnen lag die öde, weite Wüste, hinter ihnen die unbarmherzige See.

„Dies ist wirklich ein gottverlassener Ort", sagte er.

Elizabeth wrang ihre Ärmel aus und strich sich das nasse Haar aus der Stirn. Auch sie wirkte besorgt. „Jack ist nicht hier", sagte sie. „Hier ist niemand."

„Natürlich ist er hier", sagte Barbossa zuversichtlich. „Davy Jones gibt nichts wieder her, was ihm die See gebracht hat."

„Und, was nützt uns das?", rief Will anklagend. Es erzürnte ihn, dass all seine Pläne offenbar scheiterten. „Durch Eure Schuld sitzen wir nun hier fest. Genau wie Jack." Will war im Totenreich gefangen, und das hieß, dass er seinen Vater nicht mehr von der *Flying Dutchman* befreien konnte.

Tia Dalma ahnte nichts von Wills innerem Aufruhr. Sie schnalzte mit der Zunge, und ein geheimnisvolles Lächeln umspielte ihre Lippen. „Der gewitzte Jack ist viel näher, als du denkst", sagte sie geheimnisvoll.

Die anderen wandten sich ihr zu. Tia Dalma starrte in die Wüste hinaus. Ein Dutzend Krebse tauchte aus dem Sand auf und krabbelte auf sie zu. Sie hielt ihnen ihren Arm hin, und die Krebse kletterten hinauf. Die Wahrsagerin sprach zärtlich mit ihnen, als wären sie Haustiere.

Elizabeths Blick wanderte zum Horizont. Irgendetwas bewegte sich zwischen den Dünen. Sie kniff die Augen zusammen und schirmte sie mit der Hand ab. Das Etwas zwischen den Dünen sah aus wie ein Segel.

Es WAR ein Segel! Genauer gesagt, es war das Segel der *Black Pearl*!

„Da soll mich doch einer ...", schrie Gibbs überrascht auf, und seine Augen funkelten unter den buschigen grauen Augenbrauen. „Da ist Jack!"

Majestätisch erhob sich das Schiff über den Dünen, und Captain Jack Sparrow stand stolz am Bug, jeder Zoll wieder der alte Pirat. Die Krebse trugen das Schiff immer näher heran und trippelten dann an ihnen vorbei, um es zu Wasser zu lassen. Die Gischt spritzte in alle Richtungen, als die *Pearl* endlich wieder in ihrem Element landete.

Will, Elizabeth und Gibbs grinsten, als Jack hinauskletterte und durch das Wasser hüpfte. Sogar Barbossa brachte ein Lächeln zustande. Jack winkte seiner Crew zu und watete an Land.

„Will! Gibbs! Pintel und, äh, du, mit dem einen Auge … wo habt ihr gesteckt?", rief er. „Hat der Kraken euch geschnappt? Oder ist euch etwas anderes zugestoßen? Etwas Schmerzhaftes, hoffe ich!" Jack ging natürlich davon aus, dass sie tot waren, so wie er.

Seine ironische Begrüßung ignorierend, stürzte Elizabeth auf ihn zu und umarmte ihn fest.

„Es tut mir so leid", sagte sie leise zu Jack, „ich bin so froh, dass es Euch gut geht –"

„Reue!", sagte Jack, der die Umarmung nicht erwiderte, aber ihre Entschuldigung annahm, „steht Euch sehr gut. Seid Ihr ein Trugbild meines versengten Hirns?"

Er hob sie hoch und schüttelte sie. „Nein." Dann erblickte er Tia Dalma, ließ die verblüffte Elizabeth fallen und trat einen Schritt vor. „Tia Dalma, du auf Reisen?" Die Wahrsagerin verließ nur selten ihr Haus in den Sümpfen. „Wie nett, dich zu sehen.

Du verleihst meinem Wahnsinn eine gute Portion Grusel."

„Wie geht's denn immer, Jack Sparrow?", rief Barbossa von hinten.

Jack erstarrte. Er drehte sich um, und die Menge teilte sich, bis Jack vor seinem alten Feind stand, dem Piraten, der sein Schiff und seine Crew gestohlen hatte, der ihn betrogen und dann zum Sterben auf einer einsamen Insel zurückgelassen hatte. Der Pirat, den Jack getötet hatte, um die *Black Pearl* wiederzuerlangen.

Ein gekünsteltes Lächeln erschien auf Jacks Gesicht. „Barbossa!", rief er gespielt begeistert.

„Jack, Jack, komm her mein Freund!", gab Barbossa im gleichen Ton zurück.

„Du alter Halunke", sagte Jack und blieb einige Schritte von ihm entfernt stehen. „Hab dich ewig nicht gesehen. Seit der …"

„Isla de Muerta, erinnerst du dich?", versetzte Barbossa. „Du hast mich erschossen." Er knöpfte sein Hemd auf und deutete auf eine Narbe auf seiner Brust. „Hier. Traf mich genau ins Herz."

Jack nickte und verbarg seine Nervosität. „Ja, ich erinnere mich", sagte er. „Wie könnte ich das vergessen!"

„Wir sind hier, um dich zu retten", fuhr Barbossa fort. Sein Blick huschte zur *Black Pearl* hinüber. Jack bemerkte es, und seine Miene veränderte sich. Er lächelte immer noch, aber in seinem Hirn arbeitete es fieberhaft. Er wollte diesem Piraten nichts schuldig sein – und auch nicht seinen anderen Rettern. Er blickte auf den Ozean, auf die *Black Pearl* und die Trümmer der *Hai Peng*.

„Seid ihr das?", fragte Jack freundlich. „Wie nett von euch. Aber es sieht so aus, als ob ich ein Schiff besitze und ihr nicht. Also seid ihr wohl diejenigen, die gerettet werden müssen." Er wedelte nachlässig mit der Hand. „Ich weiß aber nicht, ob ich in der Stimmung bin."

Barbossa deutete auf die *Black Pearl*. „Mein Schiff ist dort", sagte er angriffslustig.

Jack schaute mit zusammengekniffenen Augen aufs Wasser. Er stellte sich auf die Zehenspitzen, reckte sich und wendete den Kopf von links nach rechts, ganz so, als suche er nach einem anderen Schiff.

„Ich kann's nicht sehen", sagte er dann. „Liegt wohl genau hinter der *Pearl*."

Barbossas Gesicht wurde rot vor Zorn. Jacks Spielchen wurden ihm langsam zu viel.

Er trat auf ihn zu, als wollte er ihn angreifen, doch Will ging schnell dazwischen. Es half niemandem, wenn die beiden Piraten sich hier duellierten.

„Hör zu, Jack", sagte Will eindringlich. „Cutler Beckett hat Davy Jones' Herz an sich gebracht. Er ist in Besitz der *Flying Dutchman*."

„Er beherrscht die Meere", ergänzte Elizabeth.

„Das Lied wurde gesungen", intonierte Tia Dalma. „Die Piratenbruderschaft wurde einberufen."

Jack schnaubte. „Da lasse ich euch nur einen Augenblick allein, und schon passiert so was."

„Aye, Jack", sagte Gibbs. Jacks alter und bester Freund nickte mit ernsthafter Miene. „Die Welt braucht dich ziemlich dringend."

„Und ihr braucht eine Crew", sagte Will und umfasste mit einer Handbewegung alle Piraten.

Jack musterte sie mit gerunzelter Stirn. Dann spazierte er zuerst an Will, dann an Barbossa, Pintel, Elizabeth und Tia Dalma vorbei und schaute jedem von ihnen tief in die Augen. „Aber warum sollte ich denn mit irgendeinem von euch gehen?", fragte er. „Vier von euch wollten mich töten." Vor Elizabeth blieb er abrupt stehen und meinte vielsagend: „Einer ist es gelungen."

Will zuckte zusammen. Was sagte Jack da?

Elizabeth hatte ihn getötet? Jack bemerkte Wills Reaktion und lächelte.

„Hat sie das nicht erwähnt?", fragte er amüsiert. „Dann habt ihr euch ja während eures Aufenthalts noch eine Menge zu erzählen."

Er sprach zu Tia Dalma. „In Ordnung, du bist dabei." Er ging weiter. „Gibbs, du kommst mit. Marty. Cotton, in Ordnung. Und der Papagei meinetwegen auch. Begeistert bin ich nicht, aber okay, ihr seid ein Team."

Von Barbossa, Will oder Elizabeth kein Wort.

Jetzt stand er vor Tai Huang. „Und Ihr seid ..."

„Tai Huang", sagte der große Pirat würdevoll. Er deutete mit einer Kopfbewegung auf die anderen Piraten aus Singapur. „Das sind meine Männer."

„Wem gehorcht Ihr?", fragte Jack listig.

„Dem mit dem besten Angebot", sagte Tai Huang.

„Ich besitze ein Schiff", sagte Jack.

„Zuschlag", gab Tai Huang zurück.

Jack nickte befriedigt und forderte Tai Huangs Männer mit einer Handbewegung auf, an Bord zu gehen. Die Piraten wateten ins Wasser, schwammen zum Schiff hinaus und hangelten sich an den Tauen entlang an Deck.

Mit großer Geste holte Jack seinen Kompass hervor und betrachtete ihn. Es war kein gewöhnlicher Kompass. Er zeigte nicht nach Norden, sondern immer auf die Dinge, die sich sein Besitzer am sehnlichsten wünschte. Jack hatte in der Vergangenheit einige Probleme mit dem Kompass gehabt, denn er konnte sich nie entscheiden, was er wirklich wollte. Doch jetzt wusste Jack das genau. Er wollte dem Reich der Toten entfliehen. Seit Tagen, vielleicht sogar Wochen oder Monaten, seit langer Zeit jedenfalls hatte er sich aus tiefstem Herzen nach einer Fluchtmöglichkeit gesehnt. Mit diesem starken Wunsch würde der Kompass ihm sicher den Weg weisen.

Doch die Nadel drehte sich wie wild im Kreis herum. Dieses seltsame Totenreich war selbst für dieses magische Instrument zu geheimnisvoll. Der Kompass würde ihnen keine Hilfe sein. Jack klappte ihn zu.

„Oh, Ja-ack“, erklang da eine spöttische Stimme hinter ihm.

Jack drehte sich um. Barbossa winkte breit grinsend mit den alten Seekarten Sao Fengs.

„Wohin soll denn die Reise gehen?“, höhnte er.

Jack schaute finster drein. Er hatte keine

Wahl. Nur mit Hilfe dieser Karten konnten sie einen Rückweg in die Welt der Lebenden finden. Er musste Barbossa und den anderen die Mitfahrt auf der *Black Pearl* gewähren.

Und dann konnten sie nur noch beten, dass die Karten ihnen den richtigen Weg wiesen und sie nicht bis ans Ende aller Tage über die dunklen Wasser irren mussten.

Kapitel 7

Die Segel der *Black Pearl* blähten sich im Wind, und die Sonne glitzerte auf den Wellen. Doch unter den Wellen flackerten seltsame Schatten, und ringsum war kein Land in Sicht. Dies war nicht das gewöhnliche Meer. Das war das Meer des Totenreichs – endlose Wassermassen, auf denen alles geschehen konnte und auf denen nautische Instrumente versagten.

Mit breitem Grinsen schritt Barbossa über Deck. Endlich war er wieder an Bord der *Black Pearl*!

„Setzt die Segel!", bellte er. „Schot und Brasse bereit machen! Hisst die Flagge!"

„Setzt die Segel!", äffte ihn eine Stimme nach. Barbossa drehte sich stirnrunzelnd um und entdeckte Jack, der ihm dicht folgte.

„Schot und Brasse bereit machen! Hisst die Flagge!", brüllte Jack. Er drückte die Brust heraus und imitierte Barbossas aufschneiderischen Gang.

„Was tust du da?", fragte Barbossa.

„Der Captain gibt die Befehle", erklärte Jack.

„Der Captain gibt die Befehle, aha", wiederholte Barbossa und schaute Jack von oben herab an.

„Mein Schiff", sagte Jack. „Das heißt, ich bin der Captain."

„Meine Karten", rief Barbossa. Die Nasen der Männer berührten sich nun fast.

„Maul halten, beide! Das ist ein Befehl! Verstanden?", sagte eine andere Stimme.

Barbossa und Jack drehten sich langsam um. Hinter ihnen stand ein streng dreinblickender Pintel. Die beiden Captains starrten ihn ungläubig an, bis Pintel unsicher wurde und sich mit entschuldigender Geste davonmachte.

Barbossa und Jack tobten und schimpften weiter, und Will Turner betrat das Deck. Er war auf der Suche nach Elizabeth.

Will suchte das Deck ab, dann begab er sich wieder hinunter. Schließlich fand er sie in einer Kajüte, zusammengekauert in einer dunklen Ecke. Ihr Haar hatte sich gelöst, und ihr Gesicht war tränennass.

Will stand da und schaute auf sie hinunter. Seit Jacks Rettung hatte er kein Wort mit ihr gewechselt. „Du hast Jack dem Kraken ausgeliefert", sagte er.

Sein Herz war schwer. Elizabeths Geheimnisse waren dunkler, als er erwartet hatte.

Elizabeth strich sich das Haar aus dem Gesicht und schaute zu ihm auf. Sie wusste, dass sie ihn erzürnt und enttäuscht hatte. Dennoch verspürte sie nur Erleichterung. Sie hatten Jack gefunden. Sie würden ihn zu den Lebenden zurückzubringen. Ihre schreckliche Tat wäre bald ungeschehen gemacht, und sie konnte die Schuldgefühle ablegen, ob ihr Jack nun verzieh oder nicht. Sie hatte das getan, was sie sich geschworen hatte. Sie war hierher gekommen und hatte alles aufs Spiel gesetzt.„Er ist gerettet", sagte sie matt. „Die Sache ist erledigt."

Wills Gesicht blieb verschlossen und grimmig. Er suchte kurz ihren Blick, dann schaute er weg.

Elizabeth stand auf. „Will, ich hatte keine Wahl!", sagte sie.

„Es war deine Entscheidung, mir nichts davon zu sagen", versetzte er.

„Das konnte ich nicht", sagte Elizabeth. „Du solltest diese Bürde nicht mittragen." Sie wollte sich an ihm vorbeidrängen, doch er packte sie bei den Armen.

„Aber ich habe sie getragen", sagte er mit gequälter Stimme. „Oder etwa nicht? Ich wusste nur nicht, was es war. Ich dachte …"

Elizabeth schaute zu ihm auf. „Du hast gedacht, ich liebe ihn."

Sie wollte sich von ihm losmachen, doch er versperrte ihr den Weg und drückte sie an die Kajütenwand.

„Wenn du deine Entscheidungen immer allein triffst, wie soll ich dir vertrauen?", flüsterte er eindringlich.

Elizabeth schaute ihm in die Augen. In die Augen des Mannes, den sie liebte, dem sie einst die Ehe versprochen hatte.

„Du kannst mir nicht vertrauen", sagte sie leise. Will hätte niemals das tun können, was sie Jack angetan hatte. Vielleicht war er zu gut für sie. Vielleicht war sie zu schlecht für ihn. Vielleicht waren sie nicht füreinander geschaffen.

Will schaute wieder weg, sein Gesicht war von Schmerz gezeichnet. In seinen Augen spiegelten sich dieselben Gedanken wie ihre.

Es gab nichts mehr zu sagen. Ohne ein weiteres Wort tauchte Elizabeth unter seinem Arm weg und verschwand.

Es war Nacht geworden. Die erste Nacht der

Black Pearl auf den Gewässern zwischen den Welten. Über und unter ihnen glänzten die Sterne, und die Piraten schlichen unsicher über das Deck. Alle fragten sich, wohin das Schiff eigentlich fuhr.

In der Kapitänskajüte standen Barbossa und Jack in dem einzigen unversehrten Raum. Der Kraken hatte bei seinem Angriff das Schiff schwer beschädigt, und der Boden war mit Papierfetzen, Glas- und Holzsplittern übersät. Eine Wand war komplett eingestürzt, und durch einige Löcher sah man die offene See.

Barbossa trat nach einigen Scherben. „Ihr habt mein Schiff sehr vernachlässigt“, sagte er.

„Welches? Dieses?“, fragte Jack. „Ich lüfte nur. Den Gestank des Vorbesitzers austreiben, wisst Ihr. Ich überlege sogar, Fenstertüren einzubauen. Spürst du den Luftzug?“ Er wedelte fröhlich mit der Hand.

Gibbs steckte seinen Kopf durch das Loch, das einst die Tür gewesen war.

„Den Kurs, Captain?“, fragte er.

Beim Wort „Captain“ wirbelten Jack und Barbossa herum.

„Zwei Grad Steuerbord –“, fing Jack an.

„Ich bin der Captain für Steuerbord!“, protestierte Barbossa. „Zwei Grad Steuerbord. Der Captain übernimmt das Ruder." Er stiefelte eilig hinaus, und Jack war ihm dicht auf den Fersen.

„Aye, Sirs", sagte Gibbs. Er trat beiseite, und Jack und Barbossa rannten den Gang entlang, die Stufen hinauf und auf je einer Seite des Schiffs zum Steuer, wo ein nervöser Cotton über das Ruder wachte. Cotton schaute von einem Captain zum anderen. Jack korrigierte minütlich den Kurs, Barbossa ebenso. Sie beäugten einander misstrauisch, beide grimmig entschlossen, die Oberhand zu behalten.

Unterdessen beobachtete Pintel Ragetti. Ragetti stand am Heck und warf eine Angel aus. Dann spähte er ins dunkle Wasser und wartete.

Das Erste, was er sah, war kein zappelnder, silbriger Fisch, sondern ein entsetzlicher bewegungsloser menschlicher Körper. Die Leiche trieb vorüber, das bleiche Gesicht gen Himmel gewandt, die Augen geschlossen.

Ragetti quiekte und wich von der Reling zurück. Neugierig geworden kam Pintel heran und spähte ins Wasser.

Doch es war nicht nur eine Leiche.

Es war ein Strom toter Menschen. Greise, junge Frauen, starke Seeleute, kleine Kinder ... das Wasser war voller Leichen. Die beiden Piraten versuchten, in die geisterhafte Tiefe zu blicken. Manche Leichen schienen weiter an der Oberfläche zu treiben, manche schwammen tiefer im Wasser. Sie bewegten sich unterschiedlich schnell, doch alle trieben in die gleiche Richtung – der *Black Pearl* entgegen.

„Richtiggehend makaber", bemerkte Pintel.

Ragetti rieb sich nachdenklich das Kinn. „Was würde wohl passieren, wenn man eine Kanonenkugel auf sie fallen ließe?"

Sie tauschten einen Blick. Würde das den Strom unterbrechen? Würde eine Leiche die Augen aufschlagen? Würde die Kugel eine Leiche mit in die Tiefe nehmen?

Mit einem breiten Grinsen lief Pintel schnell los und griff nach einer Kanonenkugel. Doch als er zur Reling zurückkehren wollte, stand plötzlich Tia Dalma vor ihm und blickte ihn streng an. Pintel schrak zusammen und ließ die Kugel fallen.

„Pietätlos wäre das", stammelte er.

Tia Dalma hob eine Augenbraue. Dann wanderte sie zur Reling und schaute auf das Wasser. Traurig betrachtete sie die Leichen. Sogar Pintel und Ragetti erkannten, dass die Szene für sie eine tiefere Bedeutung hatte.

„Eigentlich müsste Davy Jones sich um sie kümmern“, murmelte Tia Dalma, fast, als hätte sie vergessen, dass die beiden Piraten neben ihr standen. „Diese Pflicht hat ihm die Göttin Calypso auferlegt: alle, die auf See sterben, zur anderen Seite zu bringen. Alle zehn Jahre durfte er dann an Land kommen und zu der gehen, die ihn aufrichtig liebte.“ Tia Dalma schüttelte den Kopf. „Aber er ist ein Monster geworden.“

„Er war nicht schon immer so schleimig?“, fragte Ragetti.

„Nein, er war einmal ein Mensch.“ Tia Dalma stützte sich auf die Reling, den Blick ins tiefe Herz des Ozeans gerichtet. „Die armen, unglücklichen Seelen … jetzt müssen sie den Weg allein finden.“

Kapitel 8

Der Tag brach an, dann wanderte die Sonne langsam den Himmel entlang. Es war, als segele die *Black Pearl* schon seit Jahren auf dieser weiten und öden See. Dennoch hatten sie noch keine Landmarke entdeckt. Sie schienen nicht weiterzukommen.

Sogar der Wind war verstummt. Das Schiff trieb mit schlaffen Segeln auf dem Wasser. Schlimmer noch: Die Wasserfässer auf dem Schiff waren leer. Die Crew litt schrecklichen Durst, und langsam gaben sie jegliche Hoffnung auf. Gab es denn keine Möglichkeit, diesem verfluchten Meer zu entkommen?

Will stand an der Reling und beobachtete, wie die Sonne sich dem Horizont näherte. Bald war es schon wieder Nacht.

Pintel hob ein Fass hoch und hielt es mit der Öffnung über seine gesprungenen Lippen, doch kein einziger Tropfen kam heraus.

„Kein Wasser“, stöhnte Pintel und warf das Fass beiseite. „Warum ist alles weg, außer dem Rum?“

Gibbs streckte ihm die letzte, leere Rumflasche hin. „Rum ist auch weg.“

Tia Dalma kam zu ihnen und betrachtete die untergehende Sonne. „Wenn die Flaute vor Einbruch der Dunkelheit nicht ein Ende hat“, bemerkte sie, „werden wir wohl in alle Ewigkeit so weitersegeln, unter sternlosen Himmeln, gefangen zwischen den Welten.“

„Ohne Wasser kommt mir die Ewigkeit ohnehin ein bisschen zu schnell“, sagte Gibbs düster.

Will sagte nichts. Er ging hinüber zu dem großen Tisch neben dem Steuer und beugte sich wieder einmal über Sao Fengs Karten. Neben ihm standen Jack, der ebenfalls die rätselhaften Kreise und Inschriften studierte, und Ragetti, dessen Holzauge wild rotierte.

Barbossa stand am Steuer und wippte auf den Fersen hin und her. Nur er schien noch immer völlig unbesorgt.

„Warum tut er nichts?“, fragte sich Will. Er las das Rätsel noch einmal: „Über den Abgrund, zurück und wieder hinauf, Sonnenuntergang geht auf, grüner Blitz.“

„Es ergibt keinen Sinn", sagte Gibbs. „Sonnenuntergänge gehen nicht auf."

„Und die grünen Blitze ereignen sich bei Sonnenuntergang, nicht -aufgang", pflichtete Will ihm bei.

„Über den Abgrund", murmelte Gibbs. „Mich treibt das hier auch bald an den Abgrund ..."

Jack drehte planlos an den Ringen auf der Karte. Plötzlich sprang ihm etwas ins Auge. In einer bestimmten Position ergab sich aus den chinesischen Zeichen auf den Ringen der Spruch „oben ist unten".

„Oben ist unten", wiederholte Jack. „Das ist ja wirklich unerhört hilfreich. Warum sind solche Sachen niemals eindeutig?"

Er tippte auf die Karte und betrachtete eine winzige Skizze von einem Schiff, das einen Überschlag um die eigene Achse machte. Während es sich drehte, tauchten Strahlen hinter dem Schiff auf, als ginge eine Sonne unter.

Plötzlich hatte er eine Idee.

„Nicht Sonnenaufgang, sondern Sonnenuntergang!", rief er. „Und aufgehen wie aufsteigen!" Jetzt war die Sache klar! Er hatte das Rätsel gelöst!

Jack sprang in die Höhe. Von der Backbordseite des Schiffs aus zeigte er auf einen Punkt in der Ferne.

„Dort drüben!", rief er. Die Piraten auf dem Deck zuckten zusammen, erschrocken über seinen Ausbruch. „Was ist das?", rief Jack.

Gibbs rieb sich die Augen. „Wo?", fragte er. Er sah gar nichts da draußen – seitdem sie vom Strand aufgebrochen waren, hatte es nichts mehr zu sehen gegeben.

Jack rannte zur Reling auf Backbordseite, und die ganze Crew folgte ihm, umringte ihn, um in dieselbe Richtung zu starren.

Plötzlich drehte Jack sich um und rannte zur Steuerbordseite.

„Da, es hat sich bewegt! Es ist sehr schnell!", rief er im Laufen.

Wieder folgten ihm die anderen, und das Schiff neigte sich mit ihrem Gewicht zur Seite.

Unterdessen war Elizabeth in Gedanken gewesen. Sie kauerte in der Nähe der Reling und hatte Jacks seltsames Verhalten nicht bemerkt. Doch als das Schiff nun stark rollte, wurde sie aufmerksam. Sie schaute auf und sah, wie Jack erneut eine Kehrtwende machte.

„Da! Da drüben!" Jack schrie und rannte wieder gen Backbord, alle hinter ihm. Jetzt stand auch Elizabeth auf und folgte ihm. Das Schiff neigte sich nun gefährlich zur Seite.

„Was ist los?“, fragte Elizabeth.

„Es ist nicht hier!“, schrie Jack.

Und wieder rannten alle zurück.

Neugierig trat Barbossa an den Kartentisch. Er entdeckte die Botschaft „oben ist unten“. Er sah die Zeichnung des Schiffes, das einen Überschlag machte.

„Er versucht, das Schiff zu kippen“, erkannte Pintel verblüfft.

„Wir bringen das Schiff zum Kippen“, bestätigte Gibbs.

Mit einem Mal begriff Barbossa, was Jack vorhatte.

„Aye, das ist es!“, schrie Barbossa begeistert. „Alle Mann zusammen! Nutzt den Seegang aus!“

Der ehemalige Captain der *Pearl* rannte ans Steuerrad und legte seine Hände wie einen Trichter an den Mund.

„Die Kanonen lösen!“, brüllte er an die Crew unter Deck gerichtet. „Die Fracht losbinden!“

Die Piraten rannten los, um seine Befehle auszuführen. Kisten wurden aus der Vertäuung gelöst,

Fässer und Flaschen purzelten klirrend über den Boden, während das Schiff nun immer stärker kippte.

Cotton wendete das Schiff, sodass die Wellen nun seitwärts auf den Rumpf trafen. Dadurch wurde das Rollen weiter verstärkt.

„Er versucht, das Schiff zu kippen!", rief Pintel wieder, doch diesmal verstand er, warum. Auch bei Ragetti fiel der Groschen. Er griff nach einem Tau und rannte zu Pintel hinüber.

„Wir binden uns am Mast fest", sagte er. „Kopfüber, dann sind wir gleich in der richtigen Stellung!"

Pintel verstand seine Erklärung nicht ganz, aber sie hörte sich gut an. Schnell band er Ragetti an den Mast.

Unterdessen rannte Will mit den anderen zur Reling und schaute hinaus auf den leeren Horizont, wo die Sonne rasch im Meer versank. Die letzten Strahlen verschwanden hinter den Wellen … Die *Black Pearl* neigte sich weiter … und dann rief Jack laut: „Und jetzt ist oben unten".

Mit Macht kippte die *Pearl* vollends kopfüber und schickte die gesamte Crew unter Wasser.

Das Wasser blähte die Segel. Ketten, Kanonen, Kanonenkugeln und alles Unbefestigte stürzte in die

Tiefe. Die Piraten klammerten sich an die Reling, ebenso Jack, Barbossa, Will und Elizabeth. Gibbs rutschte ab und begann davonzutreiben, doch Marty packte ihn und zog ihn zurück. Pintel und Ragetti, die am Mast festgebunden waren, hielten die Luft an.

Will sah, wie die Karten wegtrieben, und streckte die Hand aus, um sie festzuhalten.

Plötzlich …ein grüner Blitz am Horizont!

Und … in einem riesigen Schwall schoss das Wasser an der *Black Pearl* hinab. Alles krachte wieder auf das Deck hinunter: Piraten, Kanonen, Papageien und alles Übrige.

Die *Pearl* trieb wieder auf dem Wasser. Doch dies war nicht das kalte, einsame Meer der Totenwelt. Hier ging soeben die Sonne auf. Die Strahlen erhellten den Himmel, und in der Nähe lockte eine Insel.

Sie waren dem Totenreich entkommen.

Kapitel 9

Jack warf schnell einen Blick auf seinen Handteller. Das schwarze Mal war verschwunden. War seine Schuld gegenüber Davy Jones nun beglichen? Hatte die Verfolgung durch den Kraken nun ein Ende? Er atmete tief durch und genoss die frische Luft der diesseitigen Welt.

„Ach, ihr geliebten Westwinde!“, rief er. „Wir sind wieder da!“

Pintel und Ragetti öffneten die Augen. Sie waren immer noch am Mast festgebunden – und zwar kopfüber.

„Es war deine Idee!“, sagte Pintel. „Und nur weil ich mitgemacht habe, heißt das nicht, dass du nicht der Dümmere bist.“

„Es heißt aber auch nicht, dass du der Klügere bist“, rechtfertigte sich Ragetti.

Will entdeckte Elizabeth an der Reling. Vorsichtig ging er zu ihr hinüber.

„Die Sonne geht auf", sagte er lächelnd. Sie waren noch nicht in Sicherheit – Davy Jones und Lord Beckett war immer noch irgendwo da draußen. Aber sie hatten Jack Sparrow gerettet und waren der Totenwelt entkommen. Grund genug, um zu feiern.

Barbossa und Jack lächelten ebenfalls. Eine Welle der fröhlichen Erleichterung breitete sich aus, und dann … zogen alle ihre Pistolen.

Barbossas Pistole war auf Jack gerichtet, Elizabeths ebenfalls. Will und Gibbs zielten auf Barbossa. Jack zielte auf Will – dann zog er rasch eine zweite Pistole und richtete sie auf Barbossa. Auch Barbossa zog eine zweite Waffe und zielte auf Gibbs, während Elizabeth mit ihrer zweiten Pistole auf Barbossa anlegte.

Mittendrin zappelte und wanden sich Pintel und Ragetti, um von dem Mast loszukommen.

Obwohl vier Pistolen auf ihn gerichtet waren, wirkte Barbossa nicht allzu besorgt. Er schaute nacheinander in jeden Lauf und lächelte dann.

„In Ordnung", seufzte er. Mit diesem Ereignis hatte er gerechnet. Jack aus dem Totenreich zurückzuholen würde der einfachere Teil der Übung werden, das war ihm klar gewesen. Nun kam der komplizierte Teil – er musste Jack davon überzeugen, am Treffen der Piratenbruderschaft teilzunehmen. Der schlaue Pirat würde sicher nicht gerne dorthin gehen. Es gab zu viele Piratenlords, die gar nicht erfreut wären, ihn zu sehen. Doch nur mit Jacks Hilfe würde das Meer für alle Piraten wieder sicher werden. Captain Jack Sparrow musste einfach teilnehmen.

Das bedeutete, dass sie alle zusammenarbeiten mussten. Barbossa sagte: „Die Piratenbruderschaft versammelt sich in Shipwreck Cove. Du und ich, Jack, wir werden teilnehmen, keine Widerrede."

„Doch", sagte Jack. „Wenn eine Versammlung in Shipwreck Cove stattfindet, dann segeln wir in die entgegengesetzte Richtung."

„Die Piraten treffen sich, um Beckett zu bekämpfen", warf Elizabeth ein. „Und Ihr seid auch ein Pirat." Ihre zweite Pistole, mit der sie auf Barbossa gezielt hatte, richtete sie nun ebenfalls auf Jack. Im Gegenzug richtete Jack die Waffe nicht mehr auf Will, sondern auf sie. Doch Elizabeth zwang seinen Blick nieder. Sie würde nicht aufgeben. Lord Beckett war eine Gefahr, ein Mörder. Die East India Trading Company war die Geißel der Meere. Man musste sie aufhalten.

Will zog eine zweite Pistole, sodass er nun gleichzeitig auf Jack und Barbossa zielen konnte.

„Egal, was ihr jetzt anstellt, ihr bleibt, wo ihr seid“, sagte er.

„Wenn wir nicht gemeinsam kämpfen, dann spüren sie uns auf, einen nach dem anderen, bis alle tot sind, außer dir, Jack“, sagte Barbossa.

Barbossa sprach die Wahrheit, das wussten alle. Lord Beckett würde sich erst dann zufrieden geben, wenn alle Piraten vernichtet waren.

Jack grinste. „Dann bin ich der Letzte. Das gefällt mir. Captain Sparrow, der letzte Pirat.“

„Dann kämpfst du allein gegen Jones“, sagte Barbossa. „Wie fügt sich das in deine Pläne ein?“

„Ich arbeite dran“, gab Jack zu. „Aber ich gehe nicht zurück in die Totenwelt, Barbossa. Darauf kannst du Gift nehmen.“

Er spannte den Hahn und feuerte ab.

Klick.

Barbossa, Will und Elizabeth drückten ebenfalls den Abzug.

Klick. Klick. Klick.

Nichts. Kein Schuss, keine Pulverwolke. Verblüfft untersuchten alle ihre Pistolen. Gibbs schüttelte seine und prüfte die Trommel.

„Das Pulver ist nass“, stellte er fest.

Will seufzte und warf seine Pistole beiseite. „Im

Moment stecken wir alle in der Patsche", sagte er. „Wir brauchen dringend Trinkwasser. In der Nähe ist eine Insel." Er zeigte auf die Karte, dann auf das Land, das in der Ferne in Sicht war. „Dort. Es gibt dort eine Trinkwasserquelle. Wir können unsere Vorräte wieder auffüllen und dann mit der Schießerei fortfahren." Das klang endlich einmal vernünftig. Dass sie zuerst unbedingt Wasser brauchten, darauf konnten sich alle einigen.

Jack warf Barbossa einen misstrauischen Blick zu. „Du führst die Gruppe an Land", sagte er. „Ich bleibe hier und bewache das Schiff."

„Ich überlasse mein Schiff nicht deinem Kommando", blaffte Barbossa.

„Und er wird sein Schiff nicht Eurem Kommando überlassen", sagte Will. „Ich mache Euch einen Vorschlag. Ihr beide geht an Land und überlasst das Schiff meinem Kommando."

Barbossa und Jack waren entsetzt und entrüstet.

„Nur bis Ihr wieder zurück seid", ergänzte Will. „Einverstanden?"

Zögernd stimmten die beiden zu. Alle anderen seufzten erleichtert. Jetzt hatten sie einen Plan – und zumindest eine Weile Frieden.

Wird Captain Jack Sparrow den Fängen von Davy Jones entgehen?

Elizabeth Swann und Barbossa erreichen Singapur.

Will Turner wurde beim Stehlen erwischt.

Sao Feng will sich nicht an Jack Sparrows Rettung beteiligen.

Davy Jones und seine furchterregende Crew verfolgen und töten die Piraten auf der ganzen Welt!

Lord Cutler Beckett frohlockt. Er besitzt das Herz von Davy Jones . . . und bald auch die Macht über die Weltmeere.

Barbossa muss Jack dazu überreden, mit nach Shipwreck Island zu segeln.

Tia Dalma erklärt Will, dass sie bis Sonnenuntergang zu den Lebenden zurückgekehrt sein müssen.

Jacks Crew steht hinter ihrem Kapitän.

Elizabeth Swann sorgt sich um Will und das Schicksal der Piraten auf der ganzen Welt.

Will Turner und Lord Beckett bereit zum Parlé.

Werden sich die beiden Seiten einigen, oder kommt es zum Kampf?

Kurze Zeit später ruderten einige Beiboote zur verlassenen Küste, während Elizabeth, Will, Tai Huang und eine kleine Gruppe Piraten unruhig auf der *Black Pearl* warteten. Jack stand vorn auf einem der Beiboote und entdeckte etwas Großes am Strand. Er riss die Augen auf, hielt aber den Mund.

Die Gruppen sprangen in die Brandung und zogen die Boote den Strand hinauf. Pintel und Ragetti wateten durch die Wellen. Plötzlich entdeckte auch Pintel das, was Jack vorhin gesehen hatte.

„Ach herrje!“, rief er.

Jack und Barbossa kletterten aus den Booten, und gemeinsam näherten sich die Piraten vorsichtig dem Objekt, das auf dem Sand lag. Es sah aus wie ein riesiger Wal.

Doch nach ein paar Schritten erkannten alle, was es war.

Es war der Kraken!

Das gewaltige Seeungeheuer lag tot am Strand. Die Tentakel ausgebreitet, starrte es mit seinen riesigen Augen ins Nichts.

Jack Sparrows schlimmster Alptraum, das Monster, das ihn über die sieben Meere verfolgt und am Ende eingeholt hatte, war nun tot, während er wieder unter den Lebenden weilte.

Unentschlossen, fast ein wenig ehrfürchtig, ging Jack ein wenig näher heran.

Pintel entdeckte ein Stück Treibholz in der Nähe. Er griff danach und begann, den Kraken damit zu stechen. Vorsichtshalber sprang er schnell beiseite.

„Vorsicht!", sagte Ragetti.

„Tja, jetzt bist du nicht mehr so stark, was?", spottete Pintel. „Blöder Fisch! Geschieht dir recht!"

„He! Ich wette, viele Leute würden einen Schilling zahlen, um das zu sehen!", sagte Ragetti. „Und noch 'nen Schilling für ein Bild von ihnen auf dem Kraken."

„Kraken-Schlachter!", rief Pintel vergnügt. „Wir könnten Minikraken aus Kokosnuss schnitzen und verkaufen! Wir könnten ihnen ein Stückchen Kraken als Souvenir schenken!"

Jack hörte nicht auf das alberne Geschwätz und näherte sich dem Monster. Wenn er nicht mit eigenen Augen gesehen hätte, dass es tot war, hätte er es nicht geglaubt. Es war fast … traurig. Soweit er wusste, war der Kraken der letzte seiner Art gewesen. Und hier lag er nun, ganz allein. Einst ein Ehrfurcht gebietendes Ungeheuer, war er nun nur noch ein Haufen gummiartiger Tentakel.

„Denkst du immer noch an Flucht, Jack?",

fragte ihn Barbossa leise von hinten. „Denkst du immer noch, du kannst der Welt entfliehen? Es ist schwierig, der Letzte von irgendetwas zu sein: Nach und nach ist niemand mehr übrig, und du bleibst allein zurück."

„Manchmal kommen die Dinge aber auch zurück", erwiderte Jack. „Du und ich, wir sind das beste Beispiel, mein Freund."

„Aye, aber das war ein Glücksspiel mit sehr geringen Erfolgschancen, nicht wahr?", bemerkte Barbossa. „Es gab keine Garantie, dass wir zurückkommen. Aber zu sterben – das ist todsicher."

Jack dachte einen langen Augenblick nach.

„Früher war die Welt einmal größer", sagte Barbossa.

„Sie ist nicht kleiner geworden", antwortete Jack. „Sie hat nur weniger Inhalt." Er seufzte schwer. Hatte er eine Wahl? „Also die Piratenbruderschaft tritt zusammen, ja?"

„Unsere letzte Hoffnung."

„Das ist eine traurige Antwort, so oder so", sagte Jack leise.

Kurze Zeit später kämpfte sich die Gruppe durch Palmen und Unterholz bis zur Trinkwasserquelle. Das Wasser sprudelte aus dem Boden in ein klares Felsenbecken inmitten von scharfkantigen Steinen und schwarzem Sand.

Obwohl er so klein war, erreichte Marty die Quelle als Erster. Hastig kniete er sich hin, um zu trinken, als er etwas im Wasser bemerkte. Er beugte sich vor und schaute genauer hin – dann wich er mit einem entsetzten Schrei zurück.

Es war wieder geschehen – eine Leiche trieb im Wasser!

Barbossa führte eine Handvoll Wasser an den Mund, probierte es und spie es direkt wieder aus.

„Verseucht", stellte er fest. „Von der Leiche vergiftet."

Zwei Piraten neigten sich vor und drehten den toten Körper um, sodass sie sein Gesicht sehen konnten. Barbossa erkannte es und erschrak. Es war Steng, der falsche Pirat aus Singapur! In seinem Auge steckte ein Holzfitt – ähnlich dem aus Metall, mit dem Sao Feng Will in Singapur bedroht hatte.

Ein schrecklicher Verdacht wuchs in Barbossa. Im gleichen Augenblick, als sei es eine Antwort auf seine Angst, drang ein Schrei vom Strand herüber. Die Piraten rannten an den Strand zurück, wo Ragetti entsetzt hinaus aufs Meer deutete.

Die *Black Pearl* lag nicht mehr allein vor Anker.

Ein anderes Schiff trieb neben ihr. Barbossa erkannte das chinesische Kriegsschiff sofort. Es war Sao Fengs *Empress*.

Hinter ihnen erklang ein seltsames Klicken. Jack und Barbossa drehten sich um – und blickten in die Läufe der Pistolen Tai Huangs und seiner Männer. Diese Pistolen würden funktionieren, das wussten Jack und Barbossa. Und Tai Huangs Männer würden auch nicht zögern, sie zu benutzen.

Beide seufzten schwer. Das Glück war nicht mehr auf ihrer Seite.

Sie waren in die Falle getappt.

Kapitel 10

Die Gruppe wurde zurück an Bord der *Pearl* gebracht, und Jack und Barbossa sahen, dass alle ihre Gefolgsmänner gefesselt und entwaffnet worden waren. Chinesische Piraten hatten die *Black Pearl* übernommen, und sie waren zu viele, um gegen sie zu meutern.

Doch zumindest eine Person hatte es versucht. Elizabeth Swann stand gefesselt zwischen zwei Wachen, denen man die Spuren ihrer vergeblichen Gegenwehr ansah: Einer hatte eine blutige Lippe, der andere ein blaues Auge. Beide sahen wenig erfreut aus.

Beinahe gleichzeitig entdeckten Jack und Barbossa Sao Feng. Er war noch immer in den schwarzen Mantel gehüllt, den er in Singapur getragen hatte, und ragte scharf vor dem blauen Himmel auf. Mit selbstgefälliger Miene kam er nun über das Deck auf sie zu.

„Sao Feng", sagte Barbossa mit gerunzelter Stirn, „dass Ihr hier auftaucht, ist wirklich ein seltsamer Zufall."

„Das Glück ist mit denen, die ihm zu begegnen wissen", antwortete Sao Feng weise. Er näherte sich Jack, der sich hinter Barbossa versteckt hatte und nun vergeblich versuchte, so unauffällig wie möglich zu wirken. „Jack Sparrow, Ihr habt mir einst eine schwere Beleidigung zugefügt."

Ohne Vorwarnung schlug er Jack mit der Faust ins Gesicht, und Jacks Hut flog durch die Wucht des Aufpralls davon. Jack stolperte rückwärts und ruderte mit den Armen. Es gelang ihm, auf den Füßen zu bleiben. Er bückte sich, griff nach seinem Hut und setzte ihn wieder auf.

„Dann sind wir ja jetzt quitt", sagte er mit hoffnungsvoll gehobenen Augenbrauen.

„Wohl kaum", fauchte Sao Feng.

In diesem Moment tauchte Will mit ängstlicher Miene an Deck auf. Sofort registrierte er Jacks verletzten Kiefer und Barbossas wütenden Blick. Dann sah er, dass Elizabeth in Ketten lag, und stürzte auf Sao Feng zu.

„Das war nicht Teil der Abmachung", sagte Will. „Lasst sie frei."

„Was soll das für eine Abmachung sein?“, fragte Barbossa scharf.

„Ihr habt gehört, was Captain Turner gesagt hat“, sagte Sao Feng zu seinen Männern. „Lasst sie frei.“

„Captain Turner?“, schrie Jack vor Entsetzen auf. Wie konnte dieser dahergelaufene Knabe Kapitän auf Jacks Schiff sein?

„Aye“, sagte Gibbs düster. „Der treulose kleine Mistkerl hat eine Meuterei gegen uns angezettelt.“

Der erfahrene Steuermann hatte recht. Mit Unterstützung der Piraten Sao Fengs hatte Will Jacks Crew überwältigt und die *Black Pearl* übernommen. Jetzt wollte er damit seinen Vater befreien.

Als die Ketten fielen, rieb Elizabeth ihre Handgelenke und starrte Will mit schmerzerfüllter Miene an. Niemals hätte sie gedacht, dass er sie alle derart betrügen würde.

„Warum hast du mir nichts von deinen Plänen gesagt?“, fragte sie.

„Du solltest diese Bürde nicht mittragen“, antwortete er und wiederholte damit ihre eigenen Worte. Elizabeth runzelte die Stirn und richtete sich zu voller Größe auf. Es gefiel ihr nicht, dass er ihre eigenen Grundsätze nun gegen sie richtete. Wenn

Will sich ihr anvertraut hätte, wären sie vielleicht gemeinsam zu einer anderen Lösung gekommen. Doch er hatte sich auf ein sehr gefährliches Spiel eingelassen und überließ Sao Feng jetzt die Macht über ihr Schicksal.

„Ein Pirat kann nur noch reich werden, indem er andere verrät", sagte Barbossa. Genau diese Worte hatte Sao Feng in Singapur gewählt. Doch jetzt hatten sie eine dunklere Bedeutung für Barbossa, denn nun war er derjenige, der verraten worden war.

„Damit kann ich leben", gab Sao Feng zurück.

„Ihr verspürt keine Abneigung gegen Meuterer?", fragte Jack verwundert. Er selbst verspürte ganz schön viel davon.

„Er hat ja nicht gegen mich gemeutert, oder?", stellte Sao Feng klar. Noch nie hatte es jemand gewagt, sich gegen den mächtigen Piratenlord von Singapur aufzulehnen.

„Ich brauche die *Pearl*", sagte Will. „Das ist der einzige Grund, warum ich hier dabei bin."

Als Jack Wills schwachen Versuch einer Erklärung für sein ungebührliches Verhalten hörte, kam ihm plötzlich ein Gedanke. „Er braucht die *Pearl*", sagte er und deutete auf Will. „Und Ihr habt Euch schuldig gefühlt", sagte er zu Elizabeth. „Und dir", er zeigte auf Barbossa, „ging es um deine Piratenbruderschaft. Hat mich eigentlich irgendjemand retten wollen, weil er mich vermisst hat?“

Gibbs, Marty und Cotton hoben die Hände. Einen Augenblick später taten Pintel und Ragetti es ihnen nach.

Jack ging auf seine treuen Männer zu. „Ich bin auf eurer Seite.“

Doch da packte Sao Feng Jack am Arm. „Tut mir leid, Jack, aber ein alter Freund würde dich gern sehen.“

„Ich weiß nicht, ob ich noch weitere Besuche alter Freunde überlebe“, sagte Jack nervös und rieb sich das Kinn dort, wo er Sao Fengs Treffer abbekommen hatte.

„Das werden wir gleich herausfinden“, sagte Sao Feng listig.

Er deutete über Jacks Schulter hinweg, und Jack drehte sich um. Ein höchst unwillkommener Anblick bot sich ihm. Lord Cutler Becketts Schiff, die *Endeavour*, tauchte soeben hinter der Insel auf. Jack stöhnte. Er hatte der East India Trading Company immer entkommen können. Bis jetzt. Nun saß er in der Falle.

Kapitel 11

Jack Sparrow war schon oft in haarigen Situationen gewesen. Das schien jetzt abermals der Fall zu sein.

Ohne viel Aufhebens schleppten ihn Sao Fengs Wachen davon, und dann wurde er in die Kapitänskajüte der *Endeavour* geworfen. Am Fenster stand Lord Cutler Beckett mit perfekt gepuderter weißer Perücke und starrte aufs Meer hinaus.

Alles, was Jack bei sich getragen hatte, warfen die Männer auf einen Tisch. Auch sein Kompass war dabei. Mit kurzem Nicken entließ Beckett die Wachen. Er blieb am Fenster stehen, den Blick jetzt auf die *Black Pearl* gerichtet. Jack schaute sich im Raum um.

„Bemerkenswert", sagte Beckett nachdenklich. „Als ich das Schiff zuletzt sah, versank es gerade brennend in den Fluten. Ich hätte nicht erwartet, es jemals wiederzusehen."

Während Beckett sprach, schlich Jack auf Zehenspitzen durch die Kajüte und spähte in Schränke und Kisten.

„Schließt einfach die Augen und redet Euch ein, es wäre ein schlechter Traum", sagte Jack. „Das mache ich auch immer so."

„Gebt die Suche auf, Jack", sagte Beckett, ohne sich umzudrehen. „Es ist nicht hier."

Jack hielt inne, dann setzte er sorgfältig wieder den Deckel auf das Gefäß, in das er soeben gespäht hatte.

„Und was soll ES sein?", fragte er.

Beckett wandte sich um und fixierte Jack mit einem wissenden Blick. „Ergründe, was ein Mann will", sagte er, „und keine Intrige oder Gaunerei wird seine wahren Absichten verschleiern können." Jack sah verwirrt aus. „Davy Jones' Herz", erklärte Beckett. „Es ist nicht hier. Es befindet sich gut versteckt auf der *Flying Dutchman* und wird Euch deshalb nicht helfen können, Eure Schuld beim guten alten Jones zu begleichen."

Jack dachte darüber nach. Das Herz war also nicht hier – immerhin wusste er aber nun, wo es sich befand. Das für sich allein genommen war schon mehr, als er an Bord der *Endeavour* zu erfahren erwartet hatte. Doch was seine Schuld anging … „Ich gehe davon aus, dass die Schuld bereits getilgt ist“, sagte er.

„Durch Euren Tod, ja“, sagte Beckett. „Aber Ihr seid hier.“

Jack überlegte und zuckte dann mit den Achseln. „Ja, ich bin hier. Das ist mir schmerzlich bewusst. Warum eigentlich, wenn ich fragen darf?“

Beckett trat an den Tisch und griff nach Jacks Kompass. Er wog ihn in der Hand, dann hielt er ihn hoch, sodass Jack ihn sehen konnte.

„Ihr habt mir das hier gebracht“, sagte er. „Ich schulde Euch eine Begnadigung und Eure Bezahlung.“ Beckett lächelte dünn. Er erinnerte sich sehr lebhaft an seinen Handel mit Will Turner, auch wenn es ihm jetzt vorkam, als sei es Ewigkeiten her.

Als er Will auf die Suche nach Jack geschickt hatte, hatte er als Gegenleistung für den Kompass Jacks Begnadigung zugesichert. Und Lord Beckett war ein Mann, der Wort hielt …

„Ich biete Euch also eine Stellung an“, sagte er nun zu Jack. „Im Dienst der East India Trading Company. Ihr wärt mir unterstellt.“ Er lächelte jetzt breiter. Die Vorstellung, Jack Sparrow unter seiner Knute zu haben, gefiel ihm. Sparrow sollte für die Firma arbeiten, die er verabscheute – die Firma, die alles zerstörte, wofür die Piraten kämpften. Das war wirklich eine brillante Rache!

Doch Jack war nicht so erpicht auf diesen Handel. Er legte den Kopf schief und schnalzte tadelnd mit der Zunge. „Das hatten wir beide doch schon einmal, wenn ich mich nicht irre? Und wir wissen doch beide, wie Ihr auf Ablehnung reagiert.“ Er hob sein Handgelenk, wo er ein Brandzeichen trug.

Becketts Miene wurde kalt vor Zorn. Sparrow war einfach unmöglich. „Ich hatte Euch beauftragt, Ware an mich zu liefern“, sagte er. „Ihr habt es vorgezogen, sie freizulassen.“

„Menschen sind keine Ware“, erinnerte ihn Jack.

Beckett schüttelte den Kopf. „Ihr habt Euch nicht verändert. Es gibt nichts mehr zu besprechen. Viel Spaß am Galgen.“

„Den hatte ich schon“, sagte Jack unbeschwert. „Wenn man sich an den Anblick gewöhnt hat, ist es gar nicht so schlimm.“ Dann wurde er ernst. „Doch, ich habe mich geändert. Wenn Ihr mein Gegenangebot in Erwägung ziehen würdet.“ Er zog sein Achterstück aus einer geheimen Tasche und rollte es bedeutsam zwischen den Fingern. „Die Piratenbruderschaft.“

Beckett äffte Jacks Geste nach. „Dass die Piratenbruderschaft zusammentritt, ist mir bereits bekannt", sagte er verächtlich.

„Doch Ihr wisst nicht wo, oder?", fragte Jack. „Ich weiß es." Er schnippte die Münze auf den Tisch, und sie kreiselte für einen Moment um die eigene Achse. Beckett stierte sie an wie hypnotisiert.

„Damit liegt mein Angebot auf dem Tisch", sagte Jack. „Ihr klärt in meinem Auftrag die Sache mit Jones, garantiert mir meine Freiheit, und dafür …" Er lächelte. „Dafür bringe ich Euch nach Shipwreck Cove und präsentiere Euch alle Piratenlords auf dem Silbertablett."

An Bord der *Black Pearl* lief es nicht ganz nach Wills Plan. Das Schiff war mit Sao Fengs Piraten besetzt, und nun sah Will, wie eine Gruppe von der *Endeavour* an Bord kam. Becketts Mann Mercer führte sie an. Mercer war es gewesen, der Beckett von der Piratenbruderschaft berichtet hatte – aber das wusste Will nicht. Mercer hatte außerdem den Tauschhandel zwischen Sao Feng und der Trading Company eingefädelt, weil er das Gespräch zwischen dem Piratenlord und Will in Singapur belauscht hatte. Dieser Handel stand nun kurz vor dem Abschluss.

Rasch verteilten sich Mercers Männer auf dem Schiff und machten sich zum Segeln bereit. Sao Feng und Will beobachteten, wie einer der Männer Tai Huang das Steuer abnahm. Will warf Sao Feng einen irritierten Blick zu. Das war nicht abgemacht.

„Wir haben schon eine Crew: meine Männer", sagte Sao Feng, offensichtlich ebenfalls verwirrt.

„Auf einem Schiff der Trading Company segelt immer eine Crew der Trading Company", erwiderte Mercer mit aalglattem Lächeln.

„Ihr wart einverstanden", sagte Will an Sao Feng gewandt. „Die *Black Pearl* sollte mir gehören."

„Und sie hat dir gehört", sagte Sao Feng. Er gab einem seiner Männer einen Wink, und dieser versetzte Will von hinten einen Schlag in die Nieren. Will brach zusammen und keuchte, während zwei Männer ihn in Fesseln legten.

Sao Feng richtete sich an Mercer. „Lord Beckett war einverstanden", sagte er. „Die *Black Pearl* sollte mir gehören."

Mercer grinste wieder. „Und sie hat Euch gehört", bestätigte er und ahmte damit Sao Feng nach. Sao Feng erstarrte. Er begriff, dass auch er getäuscht worden war. Kopfschüttelnd erklärte Mercer: „Lord Beckett würde gewiss nicht das einzige Schiff aufgeben, das sich mit der *Flying Dutchman* messen kann, oder?“

Der Piratenlord blickte sich um. Alle Männer der East India Trading Company waren bewaffnet. Sie waren seinen Leuten zahlenmäßig weit überlegen und sahen kampfbereit aus. Wenn er jetzt losschlug, würde er höchstwahrscheinlich verlieren – und dann war auch seine Abmachung mit Lord Beckett unwirksam. Sie würden ihn wieder als Piraten behandeln – ihn fangen und gnadenlos töten.

Also trat er einen Schritt zurück, und Tai Huang am Steuerrad tat es ihm nach. Es schmerzte Sao Feng, so kampflos aufzugeben, doch er hatte keine andere Wahl. Mercer salutierte höhnisch vor Sao Feng, dann wendete er sich ab und ging davon.

Sao Feng schäumte vor Wut. Barbossa ging zu ihm.

„Es ist eine Schande, dass sie nicht dem Ehrenkodex der Piratenbruderschaft verpflichtet sind“, murmelte er. „Aber heutzutage trifft man nicht mehr oft auf ehrenhafte Männer.“

„Es ist nicht ehrenhaft, auf der Seite der Verlierer zu stehen“, gab Sao Feng scharf zurück. Die Ehre überlässt man den Siegern. Das gehört zum Geschäft.“

„Ihr zählt Euch zu den Verlierern!“, stellte Barbossa fest.

„Sie haben die *Dutchman*“, sagte Sao Feng. „Und was hat die Bruderschaft?“ Nichts, was etwas gegen dieses mächtige Schiff ausrichten konnte, da war er sicher. Aber … falls doch …

Barbossa neigte sich ihm zu. „Wir haben … Calypso.“

Sao Fengs Augen weiteten sich vor Überraschung. Jeder Pirat, der etwas auf sich hielt, hatte von der legendären Meeresgöttin gehört. Jeder kannte die Geschichten, dass sie einst die Meere mit ihrem mächtigen Zauber beherrscht hatte. Und jeder Piratenlord kannte die Geschichte von der ersten Zusammenkunft der Piratenbruderschaft, bei der die neun Piratenlords Calypso gefangen hatten und ihr eine menschliche Gestalt aufgezwungen hatten. Sie hatten Calypsos Wut gebändigt und die Weltmeere in ihre Macht gebracht.

Doch das waren sicher nur Legenden. Calypso gab es bestimmt nicht in Wirklichkeit. Oder? Sao Feng wanderte unruhig über das Schiff, hinüber zu der einzigen Frau an Bord: Elizabeth.

„Calypso“, sagte er zögernd. „Eine alte Legende.“

„Nein“, widersprach Barbossa mit fester Stimme. „Die Göttin persönlich in Menschengestalt, unberechenbar in Zorn oder Gnade … doch wenn die Laune sie packt und sie einem glücklichen Seemann ihre Gunst gewährt … Ihr habt es gehört … legendär.“

Sao Feng kannte die Geschichten. Der glückliche Captain, der Calypsos Zuneigung erlangte, segelte im Sonnenschein auf glatter See. Mit Hilfe der Göttin war er der Herr der Meere.

„Es gab eine Zeit, da war das Meer ungezähmt, und ein Seemann war für sein Schicksal selbst verantwortlich“, fuhr Barbossa fort. Er machte eine Pause, dann neigte er sich zu Sao Feng. „Ich will diese Zeit wiedererstehen lassen“, sagte er, „und dafür brauche ich die Piratenbruderschaft.“ Mit eindringlichem Blick sagte er: „Die ganze Zusammenkunft.“

„Was bietet Ihr?“, fragte Sao Feng leise.

„Was fordert Ihr?“, fragte Barbossa, obwohl er die Antwort bereits ahnte.

Sao Feng deutete mit einer Kopfbewegung zur anderen Seite des Schiffs. „Das Mädchen“, sagte er.

Barbossa lächelte. Der Piratenlord war auf seinen Plan hereingefallen.

Elizabeth hatte dem Gespräch der beiden

nicht zugehört. Doch jetzt spürte sie ihre Blicke und schaute hinüber.

Auch Wills Aufmerksamkeit war sofort geweckt. „Ihr wollt Elizabeth dafür, dass Ihr uns bei der Flucht helft?", fragte er entsetzt.

Sao Feng nickte.

„Nein", sagte Barbossa und tat, als sei er um Elizabeths Sicherheit besorgt. „Nein. Das steht außer Frage."

„Ich habe nicht gefragt", erwiderte Sao Feng.

„Ich gehe mit ihm", sagte Elizabeth.

Die anderen schnappten nach Luft.

„Was?", schrie Will. „Das tust du nicht!"

„Du hast uns in diese Lage gebracht", sagte Elizabeth, und ihr Zorn brach sich jetzt Bahn. „Wenn wir dadurch freikommen, dann … gehe ich mit ihm." Mit stolz gerecktem Kinn schaute sie Sao Feng mutig in die Augen.

„Nein", sagte Will noch einmal, und ihm brach das Herz. Er hatte die *Pearl* verloren und damit die einzige Chance, seinen Vater zu retten. Würde er jetzt noch seine große Liebe verlieren?

„Meine Entscheidung", beharrte Elizabeth. „Und ich treffe sie allein."

„Elizabeth, das sind Piraten", sagte Will.

Sie warf ihm einen vernichtenden Blick zu. „Mit Piraten habe ich mehr Erfahrung, als mir lieb ist", versetzte sie, und was sie damit meinte, war offensichtlich: mit Piraten wie ihm. Sie traute ihm genauso wenig über den Weg wie jedem anderen Piraten … wahrscheinlich sogar weniger.

Sao Feng grinste breit. „Ich bin hocherfreut", begann er und wollte nach ihrem Arm greifen. Doch Elizabeth schüttelte ihn ab. Sie würde mit ihm kommen, aber nicht mehr. Zu ihrer Überraschung hob er die Hände und verbeugte sich respektvoll vor ihr. „Bitte um Vergebung", sagte er. „Ich weiß, dass ich Eure Gunst erst erwerben muss."

Elizabeth wusste nicht, was er damit meinte, doch sie straffte die Schultern und versuchte majestätisch dreinzublicken. „In der Tat", sagte sie.

„Dann sind wir uns einig?", fragte Barbossa.

„Einverstanden", erwiderte Sao Feng und schüttelte Barbossas Hand. Er würde seine Männer in den Kampf gegen die East India Trading Company schicken und die *Pearl* für Barbossa und Jacks Leute zurückholen. Er würde ihnen helfen, die Piratenbruderschaft einzuberufen.

Und dafür würde Elizabeth mit ihm auf der *Empress* reisen.

Kapitel 12

Unterdessen schritt Jack Sparrow wild gestikulierend in der Kapitänskajüte der *Endeavour* auf und ab. Er zählte die Punkte der Abmachung zwischen ihm und Lord Beckett auf.

Mit zusammengekniffenen Augen beobachtete Beckett die Szene. Er hatte aus früheren Erfahrungen gelernt, dass man die Pläne des seltsamen und oftmals verschlagenen Jack Sparrow mit Vorsicht genießen sollte.

„Ihr bekommt Barbossa", zählte Jack auf, „den streitlustigen Homunculus und seinen Freund mit dem Holzauge. Und Turner. Auf jeden Fall Turner."

Beckett tippte die Finger gegeneinander. Eine Person hatte Jack nicht genannt. „Und was geschieht mit Miss Swann?"

„Alle anderen gehen mit mir an Bord der *Pearl*", antwortete Jack. „Ich führe Euch nach Shipwreck Cove. Abgemacht?"

Lord Beckett lächelte, ergriff aber Jacks ausgestreckte Hand nicht. Stattdessen strich er mit den Fingern über die Gegenstände auf dem Tisch und nahm wieder den Kompass in die Hand. „Jack", sagte er, „vergesst nicht, ich habe diesen wunderbaren Kompass, der mir immer den Weg zu den Dingen zeigt, die ich will."

„Die Ihr *am meisten auf der Welt* wollt", verbesserte Jack. „Und das ist nicht die Piratenbruderschaft, richtig?"

„Ach nein?", fragte Beckett. „Was denn dann?"

„Mich", sagte Jack. „Tot."

Beckett starrte ihn an. Jack wedelte mit der Hand Richtung Kompass, als wollte er sagen: „Probiert es aus."

Beckett ließ den Deckel aufspringen und schaute auf die Nadel hinunter. Natürlich zeigte sie direkt auf Jack. Beckett blickte finster drein.

Jack tänzelte ein wenig seitwärts, und die Nadel folgte ihm.

Dieser verdammte Jack Sparrow! Er hatte recht. Beckett wünschte sich nichts sehnlicher, als Jack Sparrow tot zu sehen. Was bedeutete, dass der Kompass für ihn völlig nutzlos war. Er warf ihn in Jacks Richtung, und der fing ihn geschickt auf. Beckett konnte warten. Jack würde ihm eine Weile nützen, und danach könnte er auch tot sein, sobald alle Piratenlords festgenommen waren.

Es sei denn … es gab eine andere Möglichkeit. Beckett hob den Kopf. „Mir fällt gerade auf: Wenn ich das, was ich mir am meisten wünsche, bekomme, wird dann nicht das, was ich mir am zweitsehnlichsten wünsche, an seine Stelle treten?" Drohend trat er auf Jack zu. „Wenn Ihr tot seid, dann kann ich … wie hieß es? … Shipwreck Cove finden. Allein." Er kam noch näher. Sein Gesicht war düster. „Der Mittelsmann ist dann buchstäblich für mich gestorben."

Jack wich zurück und begann schnell zu sprechen. „Dann erreicht Ihr vielleicht die Bucht, entdeckt eine unbezwingbare Festung, die einer Jahre dauernden Blockade standhalten kann, und wünscht Euch, wünscht, dass jemand darin wäre, der die Piraten überredet hinauszukommen."

Beckett dachte einen Augenblick nach. „Und das könntet Ihr vollbringen?"

„Ich bin Captain Jack Sparrow, mein Freund", sagte Jack und warf sich in die Brust. „Also, abgemacht?" Wieder streckte er die Hand aus. Beckett zögerte.

Plötzlich gab es draußen eine Explosion, und das Schiff schlingerte stark. Beckett stolperte vorwärts, Jack packte seine Hand und schüttelte sie kräftig.

„Topp!“, rief Jack. Er griff nach seinen Sachen, die auf dem Tisch lagen, und rannte zur Tür, während die *Endeavour* weiter von Kanonenschlägen erschüttert wurde. Die Holzwände zersplitterten unter den wütend einschlagenden Kugeln. Auch Beckett verließ eilig die Kajüte.

An Deck starrten Jack und Beckett auf das Chaos. Überall lagen Leichen herum, und Rauch stieg von den Kanonenluken empor.

Am Horizont segelte die *Empress* davon. Die *Pearl* lag noch in der Nähe und feuerte weiterhin Pistolen- und Kanonenkugeln ab.

Jack würde nicht wieder mit ansehen, wie sein Schiff ohne ihn abfuhr. Er blickte sich um und überlegte, wie er auf die *Pearl* hinüberkommen könnte. Seine Augen weiteten sich, und er rannte zu einer Kanone. Er stieß den Kanonier beiseite und drehte die Waffe so, dass ihre Mündung zur *Pearl* zeigte. Bevor Beckett etwas dagegen tun konnte, hatte Jack ein Tau um die Kanonenkugel gebunden und eine Lunte in der Hand.

„Ihr seid verrückt!", schrie Beckett.

„Zum Glück", erwiderte Jack. „Sonst würde das hier gar nicht funktionieren." Er lehnte sich zurück und zündete die Kanone.

Beckett und seine Crew warfen sich auf den Boden, und die Kanone feuerte. Die riesige Kanonenkugel sauste durch die Luft und streifte auf ihrem Flug den Mast. Jack flog hinterher, sich verzweifelt an das Tau klammernd.

An Bord der *Pearl* sah Barbossa, wie Jack durch die Luft auf sie zuflog. Er traute seinen Augen nicht. Typisch Jack. Sicher, er ergriff wieder einmal die Flucht, doch er tat dies auf die denkbar tollkühnste Weise.

Barbossa kniff die Augen zusammen, als eine Folge schrecklicher Detonationen Jacks Eintreffen ankündigte. Er riskierte einen kurzen Blick und sah ein Meer der Verwüstung an Deck: ein zersplittertes Fass, ein zerrissenes Segel, verstreutes Schießpulver. Und dann, auf der Reling, völlig entspannt und unverletzt – Jack Sparrow.

„Jetzt sag nicht, du hast mich nicht vermisst!", rief Jack grinsend.

Er hüpfte von der Reling hinab und entdeckte Will inmitten der Crew. „Schleppt den feigen Verräter rüber zur Brigg!“, befahl er. Die Crew stürzte sich geschlossen auf Will, fesselte ihn und zerrte ihn in die Tiefen des Schiffs hinab.

Jack strahlte. Alles war nach Plan verlaufen. Er war wieder Herr auf seinem Schiff. Genau, wie er es mochte.

Lord Beckett stand an Bord der beschädigten *Endeavour* und schäumte vor Wut. Dies war ganz und gar nicht so, wie er es mochte. Ein Offizier namens Groves kam zu ihm und erwartete seinen Befehl.

„Welchem Schiff sollen wir folgen?“, fragte er mit aschfahlem Gesicht.

„Wir folgen der *Black Pearl*“, sagte Beckett. Er schaute zum Mast hinauf, wo Jacks Kanonenkugel eine Kerbe hinterlassen hatte. „Wie schnell haben wir das Schiff klar zum Ablegen?“

Als wäre das eine Antwort, knickte der Mast ein und brach ab. Mit aufgeblähtem Segel stürzte er hinunter. Die *Endeavour* war fürs Erste nicht seetüchtig. Dafür hatte Jack Sparrow gründlich gesorgt.

Groves starrte der *Pearl* bewundernd nach und schüttelte den Kopf. „Glaubt Ihr eigentlich, dass er das alles vorher plant?“, fragte er. „Oder fällt es ihm einfach so ein?“

Kapitel 13

Elizabeth war das privilegierte Leben durchaus gewöhnt. Immerhin war sie die Tochter eines Gouverneurs. Doch Luxus unter Piraten war ihr neu.

Bei ihrer Ankunft auf der *Empress* fand sie sich in einer Welt von üppiger Schönheit wieder. Dieser ungewöhnliche Umstand traf Elizabeth unvorbereitet und lieferte sie Sao Fengs Willkür aus.

In der Kajüte des Piratenlords flackerten Kerzen, die die schimmernden Seidentücher und weichen Kissen, die überall auf dem Boden und den Sofas ausgebreitet lagen, mit sanftem Licht überzogen. Rot und Gold verliehen dem Raum eine exotische Wärme.

Nicht nur die Kajüte war geschmückt. Seit sie das Schiff betreten hatte, erfüllten drei chinesische Dienerinnen ihr jeden Wunsch. Man hatte sie gebadet und dann in ein traditionelles chinesisches Kleid aus glänzender Seide gehüllt.

Nun wartete sie auf Sao Feng … bald würde sie herausfinden, was er von ihr wollte.

Der Piratenlord betrat lautlos die Kajüte und blieb einen Augenblick stehen, gebannt von Elizabeths Anblick. Ihre Augen funkelten, und ihre Haut schimmerte rosig im Licht der Kerzen. Das schlichte Kleid verlieh ihr eine überwältige weibliche und machtvolle Aura. Sie sah aus … wie eine Göttin.

Sao Feng trat einen Schritt vor und begann eine Gedichtzeile zu rezitieren: „Junge, biegsame Weidenäste – rühren das Wasser des Teichs."

Er nahm einen Dekanter von einem niedrigen Tisch und bot Elizabeth Wein an. Sie nahm ihn unsicher entgegen.

„Ich gebe zu", sagte sie, „eine solche Behandlung hatte ich nicht erwartet." Sie war davon ausgegangen, als Gefangene vielleicht sogar für ihre Beteiligung am Diebstahl der Seekarten bestraft zu werden. Schließlich war sie auch nicht ganz unschuldig daran, dass Sao Feng in Konflikt mit der East India Trading Company geraten war.

Er lächelte sie über den Rand seines Weinglases hinweg an. „Keine andere Behandlung wäre Eurer würdig … Calypso."

Elizabeth erstarrte, das Glas an den Lippen.

Wovon sprach er nur? „Wie bitte?“, fragte sie. Verwöhnte er sie, weil er sie mit jemandem verwechselte? Falls ja, sollte sie ihn nicht wissen lassen, dass er sich irrte.

„Dieser Name ist Euch unter den vielen, die Ihr tragt, sicher nicht der liebste, nehme ich an“, sagte Sao Feng, „doch so nennen wir Euch.“

„Wer ist ‚wir‘?“, fragte Elizabeth.

„Wer *sind* ‚wir‘?“, verbesserte Sao Feng.

„Ist“, beharrte Elizabeth.

Sao Feng überlegte kurz, dann zuckte er mit den Schultern. „Wir von der Bruderschaft und unsere Vorgänger, die Euch diese Gestalt verliehen haben. Ich bitte um Vergebung. Das war nicht korrekt. Wir, die Euch gefangen nahmen – oh, Ihr hattet übrigens recht, es muss ‚ist‘ heißen.“ Sao Feng sah beeindruckt aus, doch Elizabeth beschäftigte die Geschichte mehr als ihr grammatischer Sieg.

„Göttin?“, fragte sie.

„Ihr bestätigt es also?“, fragte Sao Feng.

„Was? Ihr habt mir nichts gesagt.“ Sie ließ sich auf einer niedrigen roten Couch nieder und versuchte zu verbergen, dass sie keinen blassen Schimmer hatte, was vor sich ging. Sao Feng folgte ihr.

„Die Piratenbruderschaft – nicht die heutige,

die erste Bruderschaft … deren Entscheidung ich entschieden widersprochen hätte“, stammelte Sao Feng. „Die hat Euch eine menschliche Gestalt verliehen, damit die Männer die See beherrschen konnten und nicht …“

Langsam ging Elizabeth ein Licht auf.

„Doch jemand wie Ihr sollte sich immer entfalten und sie selbst sein dürfen“, sagte Sao Feng galant.

„Hübsches Kompliment von einem Entführer“, sagte Elizabeth und warf den Kopf zurück, sodass ihre eleganter Kopfbedeckung ins Rutschen geriet. Sie lehnte sich in die roten Seidenkissen zurück und versuchte, gelassen zu wirken. „Doch durch Zellengitter geflüstert verlieren solche Worte an Zauber.“

„Wollt Ihr mir meine Werbung zum Vorwurf machen?“, fragte Sao Feng und neigte sich ihr zu. „Die See zieht alle Männer an. Auch wenn sie gefährlich ist.“ Er sah ihr tief in die Augen, und sie wusste, dass er nicht nur über die See sprach.

„Manchen Männern dient die Begierde als Rechtfertigung ihrer Untaten“, sagte sie leise.

„Ich biete Euch nur meine Begierde“, erwiderte er.

Ihre Lippen verzogen sich amüsiert. „Die ist

von geringem Wert“, neckte sie. „Und was wollt Ihr dafür haben?“

„Eure Gunst, sofern Ihr sie mir gewähren wollt.“

Ja, jetzt war die Sache klar. Sao Feng hatte sich mächtig getäuscht. Sie war nicht die, für die er sie hielt, und sie verfügte auch nicht über die Macht, die er benötigte.

„Und wenn ich sie Euch nicht gewähre?“, fragte sie und reckte das Kinn in die Höhe.

„Dann nehme ich Euren Zorn in Kauf“, sagte Sao Feng, packte sie und küsste sie.

Überrascht stieß Elizabeth ihn weg. Noch bevor sie etwas sagen oder tun konnte, hörte sie eine dumpfe Explosion.

Beide schauten auf, und in diesem Moment schlug eine Kanonenkugel in den Rumpf ein. Holzsplitter flogen in alle Richtungen. Vom Deck hörte man Rufe und Schreie und das Getrappel der Piraten, die auf Posten gingen und ihre Pistolen abfeuerten. Elizabeth ging in Deckung, als weitere Kugeln einschlugen. Durch das Bullauge sah sie die dunkle Nacht und Feuer, Blitze und Explosionen. Sie konnte nicht erkennen, wer das Boot angriff.

Das Schiff wurde von einer heftigen Explosion

erschüttert. Elizabeth richtete sich auf und entdeckte durch eine Rauchwand Sao Feng. Er lag auf dem Rücken, und in seiner Brust steckte ein langer, scharfer Holzscheit.

„Sao Feng!", schrie sie.

„Hier", ächzte er, „bitte."

Er reichte ihr den Anhänger um seinen Hals. „Der Kapitänsknoten. Nehmt Ihr ihn", flüsterte er. „Dann seid Ihr frei! Ich muss ihn an den nächsten Lord der Bruderschaft weitergeben."

„An mich?", rief Elizabeth überrascht aus.

„Geht an meiner Stelle nach Shipwreck Cove", flehte er.

Plötzlich rief eine andere Stimme: „Captain!" Tai Huang durchbrach die Tür. Das Kampfgetümmel war dicht hinter ihm. „Das Schiff wurde geentert! Wir können nicht ..." Er blieb wie angewurzelt stehen, als er Elizabeth über Sao Feng gebeugt sah.

„Calypso", sagte Sao Feng und schloss die Augen. Elizabeth schwieg. Sie wusste nicht, was als Nächstes zu tun war. Schließlich erhob sie sich und wandte sich mit gewichtiger Miene Tai Huang zu und hielt den Anhänger in die Höhe.

„Er hat mich zum Captain ernannt."

Kapitel 14

Die neue Befehlshaberin über die *Empress* trat an Deck. Dort lagen bereits viele Leichen. Die Luft war geschwängert vom Rauch der Kanonen und dem Stöhnen der Verwundeten. Direkt hinter ihr stand Tai Huang.

Als sie endlich das Schiff sah, das sie angegriffen hatte, runzelte sie die Stirn.

Es war die *Flying Dutchman*.

Die untote Crew enterte die *Empress*, umzingelte die verschreckten Seeleute und legte ihnen Ketten an. Elizabeth konnte Davy Jones nicht entdecken, doch plötzlich teilte sich der Rauch, und sie sah jemand anderen auf sich zukommen.

Es war Admiral James Norrington – mit dem sie einst verlobt gewesen war. Sie wusste, dass er das Herz von Davy Jones gestohlen und Lord Beckett ausgehändigt hatte. Dafür hatte er seinen Posten bei der Königlichen Marine wieder antreten dürfen und war nun wieder ein angesehener Offizier. In ihrem Ansehen war er mit dieser Tat allerdings gesunken.

„James?", fragte sie vorsichtig.

Bei ihrem Anblick weiteten sich Norringtons Augen. Sie hätte er auf diesem Schiff am allerwenigsten erwartet.

„Elizabeth!", rief er und umarmte sie glücklich.

„Ich dachte, Ihr wärt tot!", sagte er, ergriff sie bei den Schultern und musterte sie von Kopf bis Fuß, als wäre sie eine Fata Morgana. Doch es gab keinen Zweifel. Davy Jones hatte Governor Swann nicht die Wahrheit gesagt. Elizabeth lebte.

In diesem Augenblick betrat Davy Jones das Deck und schritt eine Reihe schlotternder Piraten ab. Seine Tentakel zuckten und wanden sich, während er die Männer beäugte.

„Wer von Euch hält sich für den Captain?", blaffte er.

Tai Huang deutete auf Elizabeth. Norrington wäre kaum weniger überrascht gewesen, wenn er selbst als Captain bezeichnet worden wäre. Elizabeth Swann, Captain auf einem chinesischen Kriegsschiff? War das möglich?

Davy Jones war furchterregend, doch Elizabeth blieb aufrecht stehen. Ihr gerader Blick war kalt und verriet keins der Gefühle, die sie nun empfand. Die Frau vor ihm war nicht mehr die feine Gouverneurstochter, das erkannte Norrington jetzt – sie war ein waschechter Piratenkapitän.

„Klarmachen zum Abschleppen", wies Norrington seine Crew an. „Bringt die Leute in die Brigg."

„Ihr habt's gehört!", rief Davy Jones.

„Ich überlasse dem Captain mein Quartier", sagte Norrington mit einer tiefen Verbeugung an Elizabeth gewandt.

„Danke, nein, Sir", erwiderte Elizabeth stolz. „Ich ziehe es vor, bei meiner Crew zu bleiben."

Sie wollte den Piraten folgen, die jetzt in die Gefangenenzellen der *Dutchman* gebracht wurden. Norrington hielt sie zurück und blickte sie flehend an. „Elizabeth, ich weiß nicht", sagte er.

„Was wisst Ihr nicht?", gab sie zornig zurück. „Auf wessen Seite Ihr steht? Jetzt wisst Ihr es."

In den Tiefen der *Dutchman* wurden Sao Fengs Piraten in Zellen gesperrt. Elizabeth betrat den kalten Raum und zuckte zusammen, als die Tür hinter ihr klirrend ins Schloss fiel. Sie drehte sich um und betrachtete den Mann, der sie eingesperrt hatte. Seine Haut sah aus wie die Oberfläche einer Koralle.

Plötzlich erinnerte sie sich daran, dass Wills Vater zur Crew der *Flying Dutchman* gehörte. Wenn sie ihn fand, konnte er ihnen vielleicht bei der Flucht helfen.

„Stiefelriemen?“, fragte sie den Korallenmann zögerlich.

Der Mann gackerte nur und trollte sich. Entweder war er nicht Bill, oder er wollte sich nicht zu erkennen geben. Auf dem Gang stand in einiger Entfernung ein mit Muscheln und Seepocken bedeckter Mann und wischte den Boden. Elizabeth presste das Gesicht an das Gitter und rief leise: „Stiefelriemen Bill? Bill Turner?“

Der Mann grunzte nur.

Seufzend ließ sich Elizabeth an der Schiffswand hinabgleiten. Es hatte keinen Sinn. Sie konnte sich nicht auf die Suche nach Wills Vater machen. Sie war hier eingesperrt. Sie musste warten, bis der nächste Pirat kam.

Plötzlich öffnete sich im Holz der Schiffswand neben ihr ein Paar Augen.

„Ihr kennt meinen Namen?“, krächzte eine Stimme.

Elizabeth schrak hoch und floh ans andere Ende der Zelle. Entsetzt starrte sie die Wand an. Da war ein Mann im Holz eingeschlossen! Er war kaum noch menschlich. Nur sein Gesicht schien sich noch bewegen zu können.

Doch das musste Bill Turner sein. Einen Augenblick lang krampfte es ihr das Herz zusammen, dass Wills Vater solch ein Leben führen musste.

„Ich kenne Euren Sohn“, sagte sie sanft. „Will Turner.“

Stiefelriemen Bills Gesicht hellte sich auf. „William. Geht es ihm gut?“, fragte er. Elizabeth nickte. Sie hielt es für das Taktvollste, nicht zu erwähnen, dass sein Sohn in diesem Moment in der Brigg der *Pearl* hockte.

„Er hat es geschafft“, sagte Stiefelriemen Bill mit erstaunter Stimme. „Er lebt. Ha! Und jetzt schickt er Euch, um mir zu sagen, dass er mich bald holen kommt. Er hat es versprochen. Bei Gott, er ist auf dem Weg!“

Elizabeth bedauerte den armen Mann, und Will auch. Sie wusste, dass Will die *Pearl* nur gestohlen hatte, weil er unbedingt seinen Vater befreien wollte. Doch es war umsonst gewesen. Er konnte Bill nicht mehr retten. Er war nur noch Holz und Muscheln und war bereits zu einem Teil der *Flying Dutchman* geworden.

„Ja", sagte sie laut und versuchte, ermutigend zu klingen. „Will lebt, und – er will Euch helfen." Das stimmte ja. Sie konnte ja kaum sagen, dass er auf dem Weg war.

Doch es war zu spät. Die Hoffnung erlosch in Stiefelriemens Augen. Verzweiflung breitete sich auf seinem Gesicht aus. „Nein", murmelte er. „Er kann nicht kommen. Er wird nicht kommen."

„Ich weiß nicht, wie", räumte Elizabeth ein, „aber er wird es versuchen. Bestimmt. Ihr seid … sein Vater."

Stiefelriemen Bill sah sie traurig an. „Ich kenne Euch", sagte er. „Er hat von Euch gesprochen. Elizabeth."

„Ja", sagte sie, überrascht, dass er sich an ihren Namen erinnern konnte.

„Er kann mich nicht retten", sagte Bill. „Und er wird mich nicht retten. Euretwegen."

„Meinetwegen?", fragte sie.

„Ihr seid Elizabeth", stelle er fest.

Er schwieg eine Weile, dann wendete Bill ihr seine Aufmerksamkeit wieder zu. „Wenn Jones getötet wird", sagte er, „dann muss der, der ihn getötet hat, seinen Platz einnehmen. Captain. Für immer." Er sah das Grauen auf ihrem Gesicht und fügte hinzu:

„Jeder Seemann weiß das, Elizabeth. Die *Dutchman* braucht einen Captain."

„Ich verstehe", sagte Elizabeth.

„Wenn er mich rettet – verliert er Euch."

„Ja", flüsterte sie.

„Er wird nicht mich wählen", sagte Bill. „Ich würde mich auch nicht wählen. Die *Dutchman* braucht einen Captain."

„Das sagtet Ihr bereits", bemerkte Elizabeth. Seine Worte klangen jetzt verworren, als verliere er den Faden.

Stiefelriemen Bill nickte, und sein Gesicht verwuchs wieder mit der Schiffswand. Seine Stimme wurde schwächer. „Sagt ihm – komm nicht! Sagt ihm – bleib weg! Könnt Ihr ihm das sagen? Es ist zu spät. Ich bin ein Teil des Schiffes. Der Crew."

Er schloss die Augen und schwieg. Jetzt sah er aus wie eine Schnitzerei, eine hölzerne Verzierung des Schiffes. Den Mann, der Wills Vater gewesen war, gab es nicht mehr. Und Elizabeth musste diese Tatsache schweigend ertragen.

Kapitel 15

In einem anderen Teil des Ozeans, nicht allzu weit entfernt, war die Reparatur der *Endeavour* abgeschlossen, und das Schiff hatte die Verfolgung der *Black Pearl* wieder aufgenommen. Lord Beckett stand an Deck und starrte auf das Wasser hinaus, während Greitzer, einer der Lieutenants, den Horizont mit einem Fernrohr absuchte.

Plötzlich bemerkte Beckett eine Bewegung in weiter Ferne. Er blinzelte und drehte sich um zu Greitzer.

„Fernrohr“, befahl er knapp.

Greitzer reichte ihm das Teleskop, und Beckett blickte hindurch.

Seltsam. Eine Schar Vögel flatterte über einem Gegenstand im Wasser.

Beckett befahl, diesen Punkt anzusteuern.

Als die *Endeavour* sich näherte, wurde das Kreischen der Vögel lauter. Die Vogelschar schwebte wie eine Säule über dem Wasser, und die Flügel der Tiere klatschten laut beim Hinabstoßen.

Es war eine Leiche. Becketts Oberlippe kräuselte sich, als er sah, dass es einer von seinen Männern war. Der aufgeblähte, blasse Körper war an zwei Fässer gebunden worden, damit er auf dem Wasser trieb. Das war kein Unfall gewesen. Der Mann war nicht einfach über Bord gegangen. Er war ausgesetzt worden – als Zeichen.

Die Leiche wurde an Deck gezogen, und Beckett hielt sich dezent im Hintergrund. Eine Untersuchung des Körpers brachte eine Rumflasche mit einer Botschaft darin zum Vorschein.

Das Schreiben trug das Siegel der East India Trading Company.

Beckett lächelte.

„Sir“, unterbrach Greitzer seine Gedanken und zeigte auf den Horizont. Fast außer Sichtweite, aber eben nur fast, befand sich eine weitere Schar Vögel über dem Wasser. Ganz offensichtlich hatte jemand eine Fährte für sie gelegt … eine Spur, die direkt zur *Black Pearl* führte.

„Wie Brotkrumen“, sagte Beckett nachdenklich. „Grässlich.“ Er deutete auf die Botschaft. „Und wir sollen folgen. Kurs halten, Lieutenant.“

Die Nacht war hereingebrochen. An Bord der *Pearl* kauerte eine dunkle Gestalt und band eine weitere Leiche an einem Fass fest. Dann hievte die Person den toten Körper über die Reling.

Da erklang eine Stimme, und die Gestalt erstarrte.

„Wusste ich doch, dass so eine Zelle dich nicht lange aufhalten würde", sagte Jack.

Will Turner ließ die Leiche fallen und wirbelte herum. Er griff nach seinem Degen, aber Jack winkte ab.

„Warte, William", sagte er. „Fällt dir etwas auf? Oder vielmehr, fällt dir nichts auf? Oder besser, fällt dir nicht auf, dass dir nichts auffällt?"

Will blinzelte und versuchte, die wirren Fragen zu ordnen. „Du hast keinen Alarm geschlagen", sagte er dann.

„Seltsam, oder nicht?", erwiderte Jack. „Aber nicht so seltsam wie das, was du hier treibst."

„Ich hinterlasse eine Fährte", erklärte Will. „Für Beckett."

„Und auf diese Idee bist du ganz allein gekommen?", fragte Jack.

Will nickte.

Jack war wider Willen beeindruckt. Das war

ein gewitzter Plan, hinterhältig und gemein, wie es sich für einen Piraten gehörte. Das sah Will Turner gar nicht ähnlich.

„Hm", machte Jack, „was hast du denn vor, wenn du den Standort der Bruderschaft verraten hast?"

„Ich bitte Beckett, meinen Vater freizulassen."

Jack schnaubte. „Na, das sieht dir ähnlich. Darauf könntest du Beckett nicht einmal festnageln, wenn er dir darauf seine Hand gegeben hätte. Und ganz sicher nicht dann, wenn er bereits bekommen hat, was er wollte." Er blickte Will prüfend an. „Du weißt, was von dir verlangt wird."

„Ich muss Jones töten", seufzte Will.

„Und du kennst den Preis dafür", sagte Jack. „Du musst die Seelen derer überführen, die auf See gestorben sind, und du darfst nur einmal in zehn Jahren deinen Fuß an Land setzen."

Will sackte zusammen. Er wusste, dass Jack recht hatte. Wenn er seinen Vater rettete, verurteilte er sich selbst zum ewigen Dienst als Captain auf der *Flying Dutchman*. Er würde Elizabeth nicht heiraten können und niemals ein normales Leben führen.

„Ich bin dabei, sie zu verlieren, Jack", sagte er unglücklich. „Mit jedem Schritt, den ich mich meinem Vater nähere, entferne ich mich weiter von Elizabeth."

So lange hatte er auf ihre Liebe gehofft. Zehn Jahre hatte er auf ein Zeichen ihrer Zuneigung gewartet. Und dann war Jack in ihr Leben getreten, und obwohl sie dramatische Abenteuer zu bestehen gehabt hatten, war es die Sache wert gewesen. Elizabeth hatte ihm ihr Herz geschenkt. Und nun schien das alles so schrecklich fern zu sein.

Leise sagte er zu Jack: „Sie hätte alles getan, um dich zu erretten."

„Von dem Schicksal, dem sie mich vorher überlassen hatte", versetzte Jack.

„Sie hat es schrecklich bereut", gab Will zu bedenken.

„Oh ja, die ist wirklich ein Hauptgewinn", sagte Jack und verdrehte die Augen. Er musterte Will, und plötzlich kam ihm ein Gedanke. Vielleicht konnte er all die Mühen zu seinem Vorteil nutzen. „Und wenn es eine Möglichkeit gäbe, keine Wahl treffen zu müssen?", fragte er mit leuchtenden Augen. „Wenn ein anderer Jones ersetzen könnte, dann wäre dein Vater genauso frei."

„Aber wer sollte das sein?", fragte Will verwirrt.

Jack legte den Kopf schief und breitete die Arme aus.

„DU?", fragte Will ungläubig. „Kürzlich hast du noch alles getan, um deinen Dienst auf der *Flying Dutchman* nicht antreten zu müssen."

Jack zuckte mit den Schultern. „Durch den Tod setzt man andere Prioritäten", stellte er fest. „Ich weiß, was mich im Jenseits erwartet. Diesen Ort möchte ich nicht noch einmal besuchen." Außerdem: Es war ein Unterschied, ob man die *Flying Dutchman* befehligte oder unter Davy Jones diente.

Jack Sparrow beugte sich vor, immer aufgeregter, während sein Plan zunehmend Gestalt annahm. „Ich stehle mich an Bord der *Dutchman*", erläuterte er eifrig, „finde die Truhe und ersteche dieses schlagende Ding. Dein Vater wird von seiner Schuld erlöst, du kannst dich ungehindert mit deiner reizenden Mörderin davonmachen, und ich kann bis in alle Ewigkeit die sieben Meere besegeln." Er grinste. Das war wirklich ein wunderbarer Plan.

„Aber du wirst Davy Jones' Pflicht erfüllen müssen", gab Will zu Bedenken, nicht ganz so angetan von der Idee.

„Also bin ich nicht völlig frei, na ja … aber die Unsterblichkeit muss ja auch ihren Preis haben."

Will kratzte sich am Kopf. Sparrow war wirklich alles andere als ein verlässlicher Verbündeter. Andererseits …

„Warum sollte ich dir vertrauen?"

„Vertrauen ist eine sehr flüchtige Sache", sagte Jack leichthin. „Aber die Not kennt kein Gebot, oder?"

Er drückte Will etwas in die Hand. Es war Jacks legendärer Kompass. „Hier", sagte Jack, „richte Davy Jones Grüße von mir aus."

Will schaute ihn verblüfft an, und ehe er etwas sagen konnte, hatte Jack ihn bereits über Bord geworfen.

Mit einem lauten Klatschen landete Will im Wasser. Eine Sekunde später warf Jack die Leiche an dem Fass hinterher. Will paddelte hin und klammerte sich an das Fass.

Jack schaute grinsend von der Reling hinab, winkte fröhlich und verschwand aus Wills Blickfeld.

Will seufzte. Wie üblich verfolgte Jack nur seinen Plan, und Will konnte nichts anderes tun, als mitzuspielen. Die Wellen schlugen gegen das Fass und gegen seinen Körper, und über ihm schien der fahle Mond schwach durch die Wolken.

Die Nacht würde lang werden.

Kapitel 16

Auch Elizabeth Swann war von Dunkelheit umgeben. Ihre war jedoch ein wenig trockener. Sie hatte sich in eine Ecke der Zelle auf der *Dutchman* eingerollt. Das muschelbewachsene Schiff segelte ruhig über das glatte Meer, die *Empress* im Schlepptau.

Plötzlich vernahm sie ein kratzendes, metallisches Geräusch. Sofort schlug sie die Augen auf und sah, wie ihre Zellentür langsam aufschwang. War es jemand von der Crew? Sie erschauderte bei der Vorstellung, einer der mit Meeresgetier verwachsenen Seemänner könnte sich im Dunkeln zu ihr schleichen.

Doch da flackerte eine Laterne auf, und Elizabeth erkannte die Stimme von James Norrington.

„Leise!“, flüsterte er. „Hier entlang. Beeilt Euch!“ Er winkte sie hastig herbei.

Elizabeth rappelte sich auf und stellte fest, dass Norrington bereits zwei ihrer Männer freigelassen hatte. „Was habt Ihr vor?", flüsterte sie an Norrington gewandt.

Er schaute ihr in die Augen. „Ich entscheide mich für eine Seite."

Sie erwiderte seinen Blick und nickte dann. Er ging voran, und Elizabeth folgte ihm dichtauf mit den Männern. Sie ließen die offene Zellentür hinter sich. Leise schlichen sie an Deck.

Und in der Zelle … öffneten sich wieder zwei Augen. Stiefelriemen Bill sah die offene Tür und den nun leeren Raum. Mit größter Anstrengung löste er sich von der Schiffswand und trat einen Schritt vor, dann schlurfte er benommen hinaus.

Auf dem Achterschiff brachte Norrington sie zu der Stelle, an der das Schlepptau, das die *Empress* zog, befestigt war. Sao Fengs Männer wussten sofort, was zu tun war. Einer nach dem anderen schwang sich über die Reling und begann, sich am Tau entlangzuhangeln.

„Schnell jetzt", flüsterte Norrington. Er sprach zu Elizabeth. „Segelt nicht nach Shipwreck Cove", drängte er. „Beckett weiß vom Treffen der Bruderschaft. Ich befürchte, dass unter ihnen ein Verräter ist."

Elizabeth schüttelte traurig den Kopf. „Es ist

zu spät dafür, dass ich Euch vergeben könnte", sagte sie.

„Darum bitte ich Euch gar nicht", gab Norrington zurück. Er konnte sich von seinen Fehlern nicht reinwaschen, das wusste er, auch wenn er nur versucht hatte, ein guter Soldat zu sein. Er wünschte nur, Elizabeth würde ihn verstehen – seine Liebe zu ihr war immer beständig gewesen, trotz aller Widrigkeiten, trotz ihres Hangs zum Piratenleben.

Elizabeth starrte ihn an und sah das Bedauern und die Zuneigung in seinen Augen. Endlich glaubte sie ihm. Er wusste, was er getan hatte, und er bereute es aufrichtig.

„Kommt mit uns", bat sie.

Norrington zögerte.

„James, kommt mit", sagte Elizabeth und nahm seine Hand. Norrington haderte mit sich. Allzu gern wäre er mit ihr gegangen, obwohl er das als Mitglied der Königlichen Marine nicht durfte … andererseits verhalf er ihnen zur Flucht, was auch nicht gerade den Regeln entsprach. Sollte sein Verrat herauskommen, bekam er in jedem Fall große Schwierigkeiten. Und er hatte sich nun auf Elizabeths Seite geschlagen … die Seite der Piraten. Vielleicht sollte er mit ihr gehen …

Er schaute zu den chinesischen Seeleuten hinüber, die zu ihrem Schiff hinüberkletterten. Fast alle hatten es bereits geschafft.

„Wer da?“, drang da eine Stimme aus der Dunkelheit. Eine Gestalt schlurfte schwerfällig auf sie zu.

Norrington fuhr herum und zog seinen Degen. Der Bann war gebrochen. Er wusste, wo er stand. Wo er immer stehen würde.

„Los!“, rief er Elizabeth zu. „Ich komme nach.“

„Ihr lügt“, sagte Elizabeth. Sie kannte ihn gut genug, um das zu wissen. Norrington sah sie an. „Unser Schicksal hat uns zusammengeführt, Elizabeth“, sagte er, „aber niemals vereint.“ Plötzlich zog er sie an sich und küsste sie. Nur einen Augenblick lang – dann stieß er sie von sich.

„Geht! Jetzt!“, brüllte er.

Widerwillig trat Elizabeth an die Reling und ergriff das Tau. Sie war Captain auf der *Empress*. Ihre Crew brauchte sie. Doch James brauchte sie jetzt vielleicht auch. Mit einem letzten Blick über die Schulter begann Elizabeth sich am Seil über das Wasser zu hangeln. Sie konnte nur hoffen, dass Norrington folgen würde.

Die schlurfende Gestalt war nun in den schummrigen Lichtkegel der Laterne getreten. Es war Stiefelriemen Bill.

Der alte Pirat wusste nicht, was vor sich ging. In seinem Kopf war alles trüb und verschwommen, und unbestimmte Gedanken und Erinnerungen schossen hindurch. Durch den Nebel der Verwirrung erkannten seine Augen eine Gestalt – Elizabeth, die Geliebte seines Sohnes. Sie kletterte an einem Tau entlang und entfernte sich dabei vom Schiff. In einem Winkel seines Hirns nagte eine Stimme. Er wusste, dass das, was da geschah, nicht richtig war. Die Crew der *Dutchman* blieb für immer auf dem Schiff.

„Niemand verlässt das Schiff", sagte Stiefelriemen Bill.

„Wegtreten", befahl Norrington. „Das ist ein Befehl."

„Teil der Crew", murmelte Stiefelriemen Bill. „Teil des Schiffes."

Norrington wurde klar, dass dort kein normaler Seemann stand; dieser hier war schon so sehr Teil des Schiffes geworden, dass er sich selbst verloren hatte. Das machte ihn unberechenbar.

„Ruhig, Mann", sagte Norrington und versuchte, beruhigend und gelassen zu klingen.

Doch es war zu spät. „Alle Mann an Deck“, kläffte Bill mit überraschend kräftiger Stimme. „Alle Mann an Deck! Gefangene entkommen!“

Aus allen Richtungen erschienen Männer der Crew an Deck und rannten umher.

Elizabeth hatte das Tau zur Hälfte geschafft, als sie den Aufruhr hörte und zurückschaute. Sie sah, wie sich die Crew der *Dutchman* auf Norrington stürzte.

„James!“, schrie sie. Sie konnte ihn in so einer grässlichen Lage nicht einfach allein lassen. Sie hangelte sich wieder auf die *Dutchman* zu.

Doch Norrington sah, was sie vorhatte, zog seine Pistole und durchschoss das Tau. Das freie Ende schwang auf die *Empress* zu, und Elizabeth landete im Wasser.

Prustend kletterte sie das Tau empor und schwang sich an Deck. Die *Empress* gewann bereits an Fahrt und ließ die *Dutchman* – und damit James Norrington – in ihrem Kielwasser zurück.

Kapitel 17

Während sich die *Empress* immer weiter von der Gefahr entfernte, kam die *Black Pearl* immer näher.

Mitten in der weiten, öden See trieb eine seltsam geformte Insel: Shipwreck Island. Sie war kreisrund und in der Mitte abgesenkt. Dort befand sich eine runde, abgeschiedene Bucht, in der die Piratenbruderschaft zusammentreten sollte.

Die *Black Pearl* segelte in voller Fahrt auf die Insel zu. Gibbs stand hinter Cotton am Steuer und betrachtete aufmerksam die See.

„Sei auf der Hut und wachsamen Auges!“, wies er Cotton an. „Die heißt nicht umsonst Schiffbruchbucht!“

Jack schob seinen Hut in den Nacken und schaute zu ihnen hinüber. „Wisst ihr“, sagte er, „wir Piraten sind ja eigentlich clevere, gerissene Burschen – aber wenn es um die Namensfindung geht, haben wir keine Fantasie.“

„Aye“, sagte Gibbs.

„Wegtreten, Mr Cotton“, sagte Jack und griff selbst nach dem Steuer. „Vor uns liegen einige gefährliche Gegenströmungen, die man nur mit Geschick bewältigen kann.“

Die Dämmerung brach ein, als die *Pearl* direkt auf eine hoch aufragende Felswand zusteuerte. Die Piraten versammelten sich mit besorgten Gesichtern an Deck. Jack würde sie direkt auf die Felsen laufen lassen.

Doch im letzten Augenblick schoss das Schiff an einer riesigen Klippe vorbei, und dahinter konnten sie eine Öffnung im Felsen erkennen. Die Crew seufzte erleichtert.

Langsam bewegte sich das Schiff durch den Tunnel voran auf ein Licht zu, das weit entfernt brannte. Endlich verließen sie den Felsenkanal und fuhren in eine weite Bucht ein, die von allen Seiten durch hohe Felswände eingeschlossen war. In der Mitte der Bucht lag Shipwreck City. Diese Stadt bestand ausschließlich aus lose miteinander verbundenen Schiffswracks. Aus der Entfernung sah sie aus wie ein riesiger Berg aus Treibgut und Trümmern. Es schien schlichtweg unmöglich, dass sich inmitten der Wracks ein Versammlungsort befinden könnte, der der Piratenbruderschaft angemessen war. Dennoch hatte die Insel etwas Majestätisches – als besäße sie mehr Macht, als der äußere Anschein vermuten ließ, so wie es ja auch für Piraten galt.

Rund um die Stadt lagen zahlreiche Piratenschiffe aus aller Welt. Die anderen Piratenlords waren bereits eingetroffen.

Pintel und Ragetti betrachteten fasziniert die Szenerie.

„Schau sie dir an", rief Pintel.

„So ein Treffen hat es zu unseren Lebzeiten noch nicht gegeben", sagte Barbossa ehrfürchtig.

Jack seufzte. „Und ich schulde jedem einzelnen von ihnen Geld."

Will war inzwischen von der *Endeavour* aus dem Wasser gefischt worden. Jetzt stand er tropfnass und gefesselt an Bord und fragte sich, was nun geschehen würde. Lord Becketts Schiff und die *Dutchman* waren über die gesamte Länge miteinander vertäut, und Beckett plante seinen nächsten Schritt. Davy Jones war an Deck der *Endeavour* befohlen worden, was ihm überhaupt nicht gefiel.

„Ich glaube, Ihr seid einander bekannt", sagte Beckett zu Davy Jones.

Jones verzog das Gesicht. „Du willst wohl noch einmal dein Schicksal herausfordern, wie?“, fragte er Will. Er bezog sich damit auf das Würfelspiel, bei dem ihn Will einmal besiegt hatte.

„Nein“, sagte Will. „Ich will mit Euch zusammenarbeiten. Na ja, mit ihm“, er deutete mit dem Kinn auf Beckett.

„Erzähl ihm, was du mir erzählt hast“, sagte Lord Beckett.

Will holte tief Luft. Die Fesseln schmerzten an seinen Handgelenken, und die lange Nacht auf See hatte ihn erschöpft. Doch er hatte einen Auftrag, und den würde er zu Ende bringen. „Barbossa hat die Piratenbruderschaft zu einem bestimmten Zweck einberufen. Um Calypso zu befreien.“

Jones erstarrte, und ein bislang unbekannter Ausdruck trat auf sein Gesicht: Angst. Lord Beckett nickte und sagte bedeutungsvoll: „Calypso.“

„Nein“, sagte Jones. „Das können sie nicht. Die Heidengötter scheren sich um nichts und niemanden als sich selbst, und sie ist die schlimmste von allen. Die Bruderschaft wollten sie auf ewig gefangen halten; so lautete die Abmachung.“

Will musterte ihn prüfend. Langsam fügten sich die Teile des Rätsels zusammen. Plötzlich ging ihm ein Licht auf. „Ihr habt der ersten Piratenbruderschaft verraten, wie man sie bannt. Und deshalb habt Ihr Euch das Herz heraus …"

Jones unterbrach ihn mit einer wütenden Bewegung seiner Scherenhand. „Wage! Es! Nicht!", grollte er. Dann wandte er sich an Beckett. „Wir müssen sie aufhalten", beharrte er eindringlich. „Sie wird uns vernichten."

Lord Beckett nickte langsam und bedächtig. „Umso zwingender ist das Gebot, die Piratenbruderschaft zu finden. Was uns vor ein Problem stellt." Er drehte sich zu Will. „Mit dir, falls du wirklich derjenige warst, der uns die Fährte gelegt hat."

„Das war ich", versicherte Will.

„Wie werden wir sie denn finden?"

„Ich verlange Garantien von Euch", sagte Will und versuchte, nicht nervös zu klingen. „Elizabeth darf nichts zustoßen."

„Ah", machte Beckett, „Elizabeth. Natürlich." Er schwieg einen Augenblick, dann sagte er: „Als ich Miss Swann zuletzt sah, war sie Captain auf der *Empress.*"

Will war verwirrt. Warum hätte Sao Feng ihr den Befehl übergeben sollen? „Wie auch immer", sagte er dann, „ihr darf nichts zustoßen." Er blickte

Davy Jones an. „Und mein Vater wird sofort freigelassen."

„Du verlangst viel", bemerkte Jones, und seine Tentakel wanden sich.

„Ich biete auch viel", stellte Will fest. Es war seine einzige Chance zu verhandeln, das wusste er.

„Wo liegt Shipwreck Cove?", zischte Beckett.

„Ich weiß es nicht", antwortete Will.

Jones stürzte vorwärts und presste seine Scherenhand gegen Wills Brust. Die Tentakel schlängelten sich um Wills Hals.

„Dann hast du uns nichts anzubieten", grollte er böse.

Will schaute Beckett vielsagend an und hielt etwas hoch … Jacks Kompass.

„Was wünscht Ihr Euch am meisten auf der Welt?", fragte er und lächelte.

Kapitel 18

BUMM! BUMM! BUMM!

Barbossa hämmerte dreimal mit einer Kanonenkugel auf den Tisch.

Jack schaute sich nervös im Raum um. Er hatte viele Feinde hier.

Der Versammlungsraum befand sich im Rumpf eines verlassenen Wracks, und um sie herum erhoben sich die gebogenen Spanten wie die Rippen eines Dinosauriers. In der Mitte des von Kerzen beleuchteten Raums stand ein großer ovaler Tisch. Acht Piratenlords hatten sich an ihm versammelt, manche allein, manche mit Wachen.

Bevor man sich an den Tisch setzte, hatte jeder Lord seinen Degen in einen Globus am Eingang gesteckt. Theoretisch war dies ein friedliches Treffen … praktisch gesehen konnte Jack von Glück reden, wenn es ihm gelang, diesen Raum lebend zu verlassen.

An den Wänden ringsum lehnten die Crews – der Raum quoll über vor gereizten und bis an die Zähne bewaffneten Piraten. Alle waren von der Gefahr durch die East India Trading Company betroffen, doch auch untereinander gab es zahlreiche Fehden. Man traute einander kaum über den Weg.

Barbossa schlug die Kugel so lange auf den Tisch, bis endlich Ruhe herrschte. Er deutete auf die Tischmitte, wo eine Holzschüssel stand, die mit einem roten Halstuch abgedeckt war. „Eure Achterstücke, verehrte Captains."

Widerwillig stand jeder Piratenlord auf und ließ einen Gegenstand in die Schüssel fallen. Pintel hockte auf einem Sims und schaute den Piraten über die Schulter.

Außer Barbossa, Jack und dem fehlenden Lord saßen sechs Piraten am Tisch. Amman der Korsar war groß und schwarzhaarig. Man nannte ihn auch „die Geißel der Berberküste". Neben ihm saß Villanueva, ein schweigsamer, aufbrausender Spanier. Dann kam Captain Chevalle, ein aristokratischer Franzose mit spöttischer Miene, stets in Brokat und Spitze gekleidet. Der vierte war Gentleman Jocard, ein ehemaliger Sklave, dessen glänzende dunkle Haut und beeindruckende Muskeln viele Blicke auf sich zogen.

Mistress Ching war eine chinesische Piratin. Sie war die einzige Frau – und eine der gefährlichsten Personen im Raum.

Der sechste im Bunde war Sri Sumbhajee, ein bedächtiger Hindu, der zu diesem Treffen vom Indischen Ozean herbeigesegelt war. Er wirkte wie ein unschuldiger, gütiger Priester, doch hinter ihm standen zwei finstere Kolosse namens Akshay und Pusan. Man sollte ihm also besser nicht zu nahe kommen.

Als das letzte Achterstück in die Schüssel fiel, hob Mistress Ching den Kopf. „Dem Klang nach zu urteilen fehlen zwei."

Villanueva drehte den Kopf und funkelte Jack an. „Sparrow!", knurrte er.

Jack zog den Kopf ein und überlegte rasch. Wenn er sein Achterstück abgab, dann brauchte man ihn hier nicht mehr. Was würden die anderen wohl dann mit ihm anstellen? Piraten waren schließlich eine rachsüchtige Spezies.

„Uns fehlt noch immer ein Piratenlord", sagte Jack. „Ich warte gern, bis Sao Feng sich uns anschließt."

„Sao Feng kommt nicht", sagte eine weibliche Stimme.

Alle drehten sich um und erblickten Elizabeth

Swann in voller Piratenkluft. Tai Huang und ein weiterer Chinese standen hinter ihr. Vor Überraschung klappte Jack der Kiefer herunter.

„Sao Feng hat mich zum Captain der *Empress* ernannt“, fuhr Elizabeth fort, „und mir auch das Amt des Lords übertragen.“

Sie wollte an den Tisch treten, doch Tai Huang hielt sie an der Schulter fest und deutete auf den Globus. Elizabeth zog ihren Degen und steckte ihn neben die der anderen Lords.

„Captain?“, quakte Jack unwillig. „Captain? Der Titel wird also inzwischen verschenkt?“

„Was ist mit Sao Feng geschehen?“, fragte Amman der Korsar streng.

„Wahrscheinlich hat sie ihn getötet“, murmelte Jack.

„Werdet Ihr mir denn niemals vergeben?“, sagte Elizabeth zu ihm. Dann richtete sie das Wort an alle. „Wir wurden von der *Flying Dutchman* angegriffen.“

Im Raum brach ein Tumult aus.

Jack und Elizabeth sahen, wie sich Schrecken auf den Gesichtern der Piratenlords ausbreitete.

„Le monster des profondeures!“, rief Chevalle bestürzt. „Hört her!“, rief Elizabeth. „Unser Treffpunkt wurde verraten. Davy Jones ist unter dem Befehl von Lord Beckett hierher unterwegs!"

Die Piraten riefen verängstigt durcheinander, man solle sofort die Segel setzen und verschwinden, bevor die *Dutchman* eintraf.

„Und wer ist der Verräter?", knurrte Gentleman Jocard, und er schien denjenigen mit bloßen Händen erwürgen zu wollen.

„Wahrscheinlich niemand, der unter uns weilt", sagte Barbossa.

Elizabeth warf einen Blick in die Runde und runzelte die Stirn. „Wo ist Will?", fragte sie Jack.

„Weilt nicht unter uns", gab der nur kurz zurück.

Barbossa hämmerte wieder auf den Tisch und mahnte zur Ruhe. „Ist doch unwichtig, wie sie uns gefunden haben", meldete sich Barbossa zu Wort. „Die Frage ist, was tun wir nun dagegen?"

„Wir kämpfen!", entschied Elizabeth und klang dabei stärker und mutiger, als sie sich fühlte.

Die Piraten begannen zu lachen. Gegen die *Flying Dutchman* kämpfen? War sie denn verrückt? Sie würden doch ihr Leben nicht einfach so hergeben!

Mistress Ching stand auf und breitete die Arme aus. „Shipwreck Cove ist eine Festung", sagte sie,

„eine gut ausgerüstete Festung. Wir müssen nicht kämpfen, solange sie nicht hereinkommen."

Zustimmendes Gemurmel. Sie konnten sich eine ganze Weile hier aufhalten und warten, bis die *Dutchman* und die East India Trading Company aufgaben.

„Es gibt noch eine dritte Möglichkeit", sagte Barbossa. Es wurde still, und alle blickten ihn an. „In einem anderen Zeitalter", sagte er, „nahm die erste Piratenbruderschaft die Meeresgöttin Calypso gefangen und verbannte sie in einen menschlichen Körper." Er beugte sich vor. „Das war ein Fehler. Wir haben die See gezähmt, aye, aber wir haben damit Beckett und seinen Kumpanen die Tür geöffnet. Besser waren die Zeiten, als man die Meere nicht durch Geschäfte mit unheimlichen Wesen, sondern durch den Schweiß echter Arbeit bezwang. Ihr wisst alle, dass ich recht habe!"

Gegen seinen Willen nickte sogar Jack beifällig. Der widerliche Barbossa schwang eine ordentliche Rede. Auch die anderen Piraten nickten.

„Gentlemen", dröhnte Barbossa, „Ladys … wir müssen Calypso freilassen."

Plötzlich war es totenstill.

Der Hindupirat winkte einen seiner Wächter

herbei und flüsterte ihm etwas zu. Akshay richtete sich wieder auf und sagte: „Sri Sumbhajee meint …“ Akshay deutete auf Barbossa, „Er hat den Verstand verloren! Entzieht ihm das Wort!“

„Erschießt ihn!“, mischte sich Amman der Korsar ein.

„Schneidet ihm die Zunge heraus!“, rief Gentleman Jocard.

„Erst erschießen, dann die Zunge herausschneiden!“, rief Jack begeistert. „Und nehmt ihm diesen schrecklichen Bart ab!“ Barbossa funkelte ihn erbost an.

Elizabeth ergriff das Wort. „Sao Feng wäre der gleichen Meinung wie Barbossa.“ Sie erinnerte sich an Sao Fengs Respekt vor Calypso, und daran, wie er sie angesehen hatte, weil er dachte, sie sei die Göttin in Menschengestalt.

„Und ich bin der gleichen Meinung wie Sao Feng“, sagte Villanueva.

Jocard schüttelte energisch den Kopf. „Calypso war damals unsere Feindin, sie wird es auch jetzt sein.“

„Und jetzt hat sie auch noch Grund dazu“, ergänzte Chevalle.

Villanueva zog seine Pistole und knallte sie auf

den Tisch. „Ich wäre immer noch der gleichen Meinung wie Sao Feng“, knurrte er.

„Wollt Ihr mich herausfordern?“, fragte Chevalle.

„Ich will Euch zum Schweigen bringen!“, brüllte Villanueva und erhob sich. Doch bevor er auf Chevalle zielen konnte, schlug der ihm ins Gesicht. Der Spanier landete rückwärts in einer Gruppe anderer Piraten. Ein Schuss löste sich, und plötzlich brach Chaos aus. Die Piraten brüllten und prügelten aufeinander ein.

Elizabeth war entsetzt. „Das ist verrückt!“, schrie sie.

„Das ist Politik“, versetzte Jack.

Elizabeth konnte es einfach nicht fassen, dass sich die Piraten zu einem solchen Zeitpunkt, wenn der Feind so nahe war, bekämpften. Sie mussten doch alle zusammenhalten! Mit jedem Schlag gegeneinander nahmen sie Lord Beckett ein wenig Arbeit ab. Wenn es ihnen nicht gelang, sich zu einigen, dann würde die East India Trading Company sie alle umbringen, einen nach dem anderen.

Wieder ließ Barbossa die Kanonenkugel auf den Tisch krachen. Doch niemand konnte ihn hören, und die Piraten waren zu sehr im Kampf verstrickt, um die Prügelei zu beenden. Schließlich warf Barbossa die Kugel auf den Globus. Dieser stürzte um, und die Degen fielen in alle Richtungen heraus. Das endlich weckte die Aufmerksamkeit der Piraten.

„Die erste Piratenbruderschaft hat Calypso gefangen genommen", rief Barbossa. „Wir könnten diejenigen sein, die sie befreien! Und aus Dankbarkeit wird sie uns ihre Gunst erweisen!" Barbossa bemerkte, dass Jack den Kopf schüttelte. „Wenn du eine bessere Idee hast, heraus damit!"

„Ich stimme Captain Swann zu", sagte er zu seiner eigenen Überraschung. Er stand auf, und alle hielten die Luft an.

„Wir kämpfen", sagte er schlicht.

Barbossa verdrehte die Augen. „Du fliehst doch vor jeder Auseinandersetzung, Sparrow!"

„Infame Lüge!", protestierte Jack. „Ich habe oft und hart für meine Flucht gekämpft. Wie alle anderen von uns auch, sonst wären wir heute nicht hier, nicht als freie Menschen."

Er zeigte auf Mistress Ching. „Wir können uns hier auf Jahre verkriechen, doch dann sind wir unsere eigenen Gefangenen." Er bewegte seinen Zeigefinger in Barbossas Richtung. „Wir können Calypso freilassen, doch wenn sie nicht in gnädiger Stimmung ist, haben wir keine Fluchtmöglichkeit, denn sie beherrscht die Meere."

Er reckte eine Faust in die Luft. „Wir müssen den ältesten und edelsten Piratenbrauch pflegen: Wir müssen kämpfen – für unsere Flucht."

Endlich ein Plan, den die Piraten gutheißen konnten. Hochrufe wurden laut.

Mistress Ching klopfte mit ihrem Stock auf den Boden.

„Und gegen wen sollen wir kämpfen?", fragte sie streng.

„Beckett", antwortete Elizabeth sofort.

Chevalle schüttelte den Kopf. „Beckett ist nur ein Rädchen im Getriebe. Wenn er ausfällt, übernimmt ein anderer seine Aufgabe. Die East India Trading Company ist unsterblich, genau wie Jones. Körperlos, seelenlos."

„Ah", sagte Jack, „aber Jones hat doch einen Körper, oder nicht?" Er tippte an seinen Hut. „Und einen Rumpf, im echten und im übertragenen Sinne. Wenn wir diesen Rumpf heftig und oft genug attackieren …"

Jocard verstand, was Jack meinte. „Die *Dutchman* braucht einen Captain – doch wenn es die

Dutchman nicht mehr gibt … braucht man ihn dann auch noch?“

Die Piraten jubelten. Die Entscheidung war gefallen. Sie würden sich der East India Trading Company entgegenstellen, die *Flying Dutchman* zerstören und dann in sichere, offene Gewässer fliehen. Barbossa wollte widersprechen, doch seine Einwände gingen in der Begeisterung unter.

Die Piraten begaben sich zu ihren Schiffen. Mit finsterem Blick gab Barbossa Pintel und Ragetti ein Zeichen, und diese ergriffen die bedeckte Schüssel mit den Achterstücken und folgten ihm hinaus.

Jack verließ den Raum als Letzter. Er sah ungewöhnlich ernst aus. Seine Pläne schienen vereinbar zu sein … doch ob er am Ende davon profitieren würde, musste sich erst noch herausstellen. Sicher, er hatte die Lords überredet, die *Dutchman* zu zerstören, doch mit dem Schiff starb auch seine Hoffnung auf Unsterblichkeit.

Die Sache würde ganz schön knifflig werden.

Kapitel 19

Stolz segelte die *Black Pearl* aus dem Tunnel hinaus und schloss zur *Empress* auf. Jack grüßte Elizabeth, von Captain zu Captain, und ein kalter Schauer der Vorahnung überlief Elizabeth. Vor ihnen lag eine echte Schlacht, die das Leben aller Piraten verändern würde, vielleicht sogar einige retten würde.

Vor der Insel wimmelte es nun von Piratenschiffen. Auf allen Decks wetzten die Piraten fleißig ihre Degen und luden die Kanonen.

Morgendunst hing über dem Wasser. Marty stand am Ruder und spähte hinaus aufs Meer.

Plötzlich tauchte ein einzelnes Schiff zwischen den Nebelfetzen auf. Marty war augenblicklich alarmiert. Es war die *Endeavour*.

„Der Feind!“, schrie er so laut er konnte. „Angriff!“

Die Piraten auf den anderen Schiffen antworteten mit markerschütterndem Gebrüll. Alle zogen ihre Degen. Ein Schiff gegen die ganze Flotte! Sie würden Beckett in null Komma nichts besiegen! Und sie würden ihn mit der gleichen Nachsicht behandeln wie er die Piraten am Galgen.

Doch plötzlich tauchte ein weiteres Schiff aus dem Nebel auf. Und noch eins. Und noch eins.

Das Kampfgebrüll der Piraten wurde schwächer und verstummte schließlich ganz, als sich immer noch mehr Schiffe näherten. Plötzlich lichtete sich der Nebel – und sie sahen sich der vollständigen Armada der East India Trading Company gegenüber. Hunderte von Schiffen in allen Größen, alle reich mit Waffen bestückt und bereit zum Kampf. Die Piratenflotte wirkte lächerlich gegen das Aufgebot der Trading Company.

Und dann begann die See zu kochen, und ein schwarzes Schiff stieg aus den Tiefen auf: die *Flying Dutchman*. Als die Segel sich aus dem Wasser erhoben, schwiegen die Piraten. Das Grauen erfasste sie, als sie die grässlichen Gesichter von Davy Jones und seiner Crew erblickten.

Lord Beckett stand an Deck der *Endeavour* und beobachtete die Reaktion der Piraten mit Genugtuung. Er senkte sein Fernglas und lächelte. Jack hatte sein Versprechen gehalten und die Piraten aus dem Versteck gelockt. „Gut gemacht, Jack“, murmelte er. „Und was ist Euer nächster Schachzug?“

Das fragten sich alle … Tausende wütender Augenpaare richteten sich auf ihn, alle bangten um ihr Leben. Er hatte diesen Kampf befürwortet – was hatte er jetzt vor?

Jack hob die Hände in gespielter Ratlosigkeit. „Parlé?“, schlug er vor.

In der Nähe der Schiffe befand sich eine Sandbank, ein glitzernder weißer Streifen, der den perfekten neutralen Boden abgab.

Jack, Elizabeth und Barbossa kletterten aus ihrem Beiboot und gingen auf Lord Beckett, Davy Jones und Will Turner zu. Die beiden Gruppen trafen sich in der Mitte und standen sich schweigend gegenüber.

Barbossa sah Will grimmig an und knurrte dann: „Du bist der Schurke, der diese Wölfe an unsere Tür geführt hat.“

„Gebt Turner nicht die Schuld“, sagte Lord Beckett mit großer Geste. „Er war nur das Werkzeug.“ Sein Blick wanderte seitwärts, und er lächelte schmallippig. „Wenn Ihr den Drahtzieher sehen wollt, müsst Ihr nach links schauen.“

Elizabeth und Barbossa schauten nach links. Zu Jack. Der gab sich überrascht und schaute ebenfalls nach links. Dort stand niemand. Jack hob die Augenbrauen und legte sich die Hand an die Brust.

„Ich?“, widersprach er. „Ich bin sauber!“ Er betrachtete seine Hände. „Jedenfalls im übertragenen Sinne.“

Will stimmte ihm zu. „Ich habe meine Taten selbst geplant“, sagte er, „in meinem Interesse. Jack hatte damit nichts zu tun.“

„Da“, sagte Jack, „hört Euch nur das Werkzeug an.“ Will runzelte die Stirn.

„Will“, sagte Elizabeth, und ihre Stimme klang freundlicher als bei ihrem letzten Gespräch. Er sah ihr in die Augen und entdeckte dort Vergebung, vielleicht sogar Mitleid. „Ich war an Bord der *Dutchman*“, sagte sie. „Ich verstehe, welche Last du tragen musstest. Doch ich fürchte, die Sache ist aussichtslos.“ Sie glaubte nicht, dass Stiefelriemen Bill wieder sein wahres Ich zurückerlangen konnte, und sie wusste, dass Will für immer an die *Dutchman* gebunden sein würde, wenn er es versuchte.

„Keine Sache ist aussichtslos, solange sich nur ein Narr findet, der noch für sie kämpft“, sagte Will ernst. Sein Blick wanderte zu Jack hinüber, und

Elizabeth bemerkte es. Hatten die beiden einen Plan, von dem sie nichts wusste?

Lord Beckett war nicht an Spielchen interessiert, und auch nicht an der Zusammenführung von Verliebten. Er hielt Jacks Kompass in die Höhe und schaute Jack an. „Wenn Turner nicht in Eurem Auftrag handelt, warum hat er mir dann den hier gegeben?"

Für Barbossa war das Beweis genug. Jack hatte Will den Kompass bestimmt gegeben, damit die East India Trading Company Shipwreck Island finden konnte. Somit war Jack doch der Verräter unter ihnen.

„Ihr habt die Abmachung erfüllt, Jack", fuhr Beckett fort. „Ihr solltet mir die Piraten ausliefern – und hier sind sie. Nur nicht so schüchtern, kommt her und nehmt Eure Belohnung entgegen." Er warf den Kompass zu Jack hinüber, der ihn mit schuldbewusster Miene auffing.

„Und was bekommt man heutzutage für so einen Betrug?", wollte Barbossa wissen.

Beckett deutete auf Elizabeth. „Sie."

Will war sprachlos. Stimmte das? Hatte Jack auch ihn an der Nase herumgeführt, mit seinem Angebot, Davy Jones zu töten? War das alles eine ausgeklügelte Intrige – damit Jack am Ende mit Elizabeth durchbrennen konnte?

Beckett fuhr fort, die Folgen seiner Eröffnung auskostend. „Wenn der Rauch der Kanonen sich verzogen hat und die Bruderschaft abgeschlachtet ist, dann segelt er auf der *Black Pearl* davon, Elizabeth in seinen Armen, und sein Rivale trägt die ganze Schuld."

Er zeigte auf Will.

Alle dachten darüber nach. Will war erschüttert. Er wusste nicht, was er glauben sollte. Jack war so wenig vertrauenswürdig, dass man sich leicht vorstellen konnte, er habe Will die ganze Zeit betrogen. Doch es war genauso gut möglich, dass Jack Beckett in die Irre geführt hatte.

Auch Elizabeth war verwirrt. Was wollte Jack von ihr? Dass er die *Pearl* wollte, verstand sie. Doch dass er auch sie haben wollte, schien sinnlos.

Barbossa war dagegen ganz und gar nicht überrascht. Der Plan, den Beckett geschildert hatte, passte zum guten alten Jack Sparrow.

Jack seufzte, als ärgere es ihn, dass Lord Beckett die Täuschung so gründlich hatte auffliegen lassen.

„Selbst wenn das mein Plan gewesen wäre",

sagte er, „und das gebe ich hiermit in keiner Weise zu – er hätte nicht die leiseste Aussicht auf Erfolg gehabt.“ Er schaute Elizabeth an und neigte sich ihr zu. „Oder?“

Sie blickte ihn verwirrt an, und Beckett sagte: „Diese Aussicht bestand nie.“

Davy Jones ergriff das Wort. „Du hast deine Schuld noch immer nicht beglichen“, sagte er zu Jack und ließ seine Schere schnappen. „100 Jahre Dienst auf der *Dutchman* … fürs Erste.“

Plötzlich begriff Elizabeth alles. Die *Dutchman* – Jacks Schuld – Wills Vater – der letzte Narr, der immer noch kämpfen will … und Jacks Entschluss, nicht noch einmal sterben zu wollen. Jetzt passte alles zusammen. Natürlich würde Jack Davy Jones töten, wenn er dafür Captain auf der *Dutchman* und damit unsterblich werden konnte. Dann würde Wills Vater freikommen … und Will würde bei ihr bleiben.

Sie schaute Will an, und der sah in ihren Augen, dass sie begriffen hatte. Er nickte nur leicht.

Unterdessen stritt Jack mit Davy Jones.

„Die Schuld wurde bereits getilgt“, beharrte er. Er verbeugte sich ironisch in Elizabeths Richtung. „Mit etwas Unterstützung.“

„Du bist geflohen“, stellte Jones fest.

Jack wedelte abwertend mit der Hand. „Reine Formsache.“

Elizabeth wusste genau, was nun zu sagen war. „Jack Sparrow hat kein besseres Ende verdient als den niedersten Dienst an Bord der *Flying Dutchman*“, sagte sie. „Ich schlage einen Austausch vor. Will kommt mit uns … und Ihr bekommt Jack.“

„Abgemacht“, sagte Will rasch.

„Nicht abgemacht“, protestierte Jack.

„Abgemacht“, stimmte Beckett schadenfroh zu.

„Elizabeth, Liebes, Ihr verdammt mich ein zweites Mal“, sagte Jack.

Elizabeth hob die Hände und zuckte mit den Schultern.

Mit einem schweren Seufzer ging Jack auf Beckett zu. Barbossa packte seine Schulter, hielt ihn zurück und zog seinen Degen.

„Gemeiner Lump“, knurrte er.

Jack brachte sich mit einem Satz in Sicherheit, doch dabei fiel sein Achterstück in den Sand. Der Affe sprang von Barbossas Schulter hinunter, ergriff das Achterstück und brachte es Barbossa. Die beiden Männer starrten sich misstrauisch an.

Dann ging Jack auf Davy Jones und Lord Beckett zu, während Will sich neben Elizabeth stellte. Als Jack neben Jones stand, packte der ihn bei der Schulter und drückte ihn in den Sand hinunter.

„Fürchtest du den Tod?", stieß Jones hervor.

„Ihr ahnt gar nicht, wie sehr", gab Jack zurück.

Beckett trat einen Schritt zurück und sah sehr zufrieden mit sich aus. „Richtet Euren Piratenbrüdern Folgendes aus: Ihr könnt kämpfen, dann werdet Ihr alle sterben. Oder Ihr kämpft nicht, dann sterben nur die meisten."

„Euer Schicksal ist bereits besiegelt", gab Elizabeth zurück. „Wir werden kämpfen … und Ihr werdet sterben."

„Dann soll es so sein", sagte Beckett unheilvoll.

Will und Elizabeth kehrten ihren Feinden den Rücken zu und gingen über die Sandbank auf ihr Beiboot zu. Hinter ihnen ließ der Affe das Achterstück in Barbossas Hand fallen, und Barbossa umschloss es grimmig mit den Fingern.

Die Verhandlungen waren beendet. Nun würde der Kampf beginnen.

Kapitel 20

Auf der *Black Pearl* sagte Elizabeth: „Wir brauchen die *Black Pearl* als Flaggschiff. Sie soll den Angriff leiten."

„Ach ja?", fragte Barbossa. Will und Elizabeth drehten sich zu ihm um. Er hielt Jacks Achterstück in der Hand.

Sie erkannten, was er nun vorhatte: Er wollte Calypso von ihrem Bann befreien, obwohl die Piratenlords ihre Zustimmung verweigert hatten. Barbossa hatte alle Achterstücke nach dem Treffen an sich genommen. Nur diese brauchte er, und sobald er auch das letzte Achterstück hatte, konnte ihn niemand mehr aufhalten.

Barbossa machte ein Zeichen, und plötzlich waren sie von grimmigen chinesischen Piraten umringt.

„Wir müssen Jack eine Chance geben!", sagte Elizabeth empört. Wenn es ihm gelang, Davy Jones zu töten, dann konnten die Piraten vielleicht die East India Trading Company besiegen.

„Entschuldigt“, sagte Barbossa, „doch die Welt, wie wir sie kennen, wird heute enden, und ich werde nicht zulassen, dass Männer wie Cutler Beckett bestimmen, wie es weitergeht.“ Er schnaubte. „Und ich setze meine Hoffnungen auch nicht auf Jack Sparrow. Zu lange schon habe ich nicht selbst über mein Schicksal verfügen können. Das wird sich nun ändern!“

Er streckte die Hand aus und griff nach Elizabeths Achterstück. Die Piraten hielten sie fest, deshalb konnte sie nichts dagegen tun. Er ließ es in die abgedeckte Schale fallen, die Ragetti in den Händen hielt.

Als alle neun Achterstücke vereint waren, erstarb plötzlich der Wind. Alle schaute hinauf zum Himmel. Die Segel hingen schlaff herunter, und alle Schiffe lagen regungslos im Wasser.

„Ist das eine Beschwörung?“, fragte Elizabeth.

„Aye“, erwiderte Barbossa, nahm die Schale und hielt sie ehrfürchtig in die Höhe. „Alle Gegenstände vereint, über dem Wasser. Dann die Stücke verbrennen, dann sagt jemand: Calypso, ich befreie Euch von Euren menschlichen Fesseln.“

„Und das ist alles?“, fragte Pintel.

Barbossa griff sich eine Rumflasche und leerte sie über den Achterstücken aus. Dann zündete er den kleinen Hügel an. Sofort stieg Rauch aus der Schale auf, und orangefarbene Flammen flackerten auf.

„Calypso, ich befreie Euch von Euren menschlichen Fesseln“, rief Barbossa.

Plötzlich ging die ganze Schale in Flammen auf. Das Feuer schoss in einer wirbelnden Säule nach oben, dann verschwand es plötzlich, und nur Asche und Metallstückchen blieben zurück.

Mit einem wütenden Schrei erschien die Meeresgöttin an Deck. Ihre Augen glühten vor lange unterdrückter Macht. Sie streckte die Hände aus.

„Calypso!“, rief Will. Sie wandte ihm ihre gleißenden Augen zu. Ihre Miene war noch immer verwirrt, als sei sie aus einem langen Schlaf erwacht. Will sprach hastig; sie hatten nur einen Versuch. „Als Euch die erste Piratenbruderschaft gefangen nahm, wer hat ihnen verraten, was sie tun mussten? Wer hat Euch verraten?“

„Du musst mir den Namen nennen“, sagte Calypso, und ihre Stimme dröhnte vor Macht und alter Magie.

„Davy Jones“, sagte Will.

Sie wirbelte herum und richtete ihren Blick auf die *Dutchman*. Der Hass in ihren Augen wuchs. Mit wildem Geheul begann sie zu wachsen, verwandelte sich in eine riesige Kreatur, der nichts Menschliches mehr anhaftete. Ihr Haar wogte, obwohl es völlig windstill war. Das Deck bog sich unter ihrem zunehmenden Gewicht.

Barbossa kniete vor ihr nieder. „Calypso“, rief er. „Ich knie hier als Euer Sklave, bescheiden und unwert. Ich bitte Euch, verschont mich, mein Schiff, meine Crew – und lasst Euren Zorn die spüren, die es wagen, sich als Eure – und auch meine – Herren aufzuspielen!“

Die Göttin schaute ihn kaum an. Ihre Stimme donnerte über das Deck und erschütterte die Flotte. „NARR!“, heulte sie.

Und dann, plötzlich, verfiel sie. Innerhalb eines Augenblicks war die Göttin der Meere verschwunden.

Die Piraten standen da und glotzten stumm.

Schließlich sagte Will: „War es das?“

„Tja, die war ja wirklich keine Hilfe“, stellte Pintel fest. „Was machen wir jetzt?“, fragte er Barbossa.

Der Wind frischte wieder auf, und die Segel blähten sich.

„Nichts“, sagte Barbossa. „Unsere letzte Hoffnung ist dahin.“

Die Piraten verstummten wieder, verzweifelt. Wenn der legendäre Barbossa aufgab – war dann nicht alles verloren?“

Die Brise wurde steifer, und einem Piraten riss es den Hut vom Kopf. Während er um den Mast tanzte, spürte Elizabeth, dass sich etwas in ihr regte.

„Es ist noch nicht zu spät“, sagte sie.

Will blickte sie an, und ihre entschlossene Stimme machte auch ihm Mut. „Die Hoffnung ist noch nicht verloren“, sagte er. „Der Kampf ist noch nicht entschieden.“

Die Piraten tauschten resignierte Blicke. „Wir stehen einer Armada gegenüber“, bemerkte Gibbs. „Wir haben keine Chance.“

Elizabeth schaute wieder zu dem Hut hinauf. Der Wind wehte nun stark, und die Kopfbedeckung wurde hin und her gepeitscht. Wenn Jack sich befreien konnte … und die Truhe des Todes fand … und Davy Jones’ Herz zerstörte … Es war schwierig, aber wenn jemand es schaffen konnte, dann Jack Sparrow. Und er würde darauf bauen, dass sie alle kämpften.

Allein konnte er es nicht tun. Kein Pirat überlebte lang allein. Deshalb hatten sie Schiffe und Männer; egal, wie viel sie kämpfen, es gab immer noch den Ehrenkodex, und ein Pirat führte sein Leben als Teil einer Gemeinschaft. Sie mussten zusammenhalten, sonst starben sie, jeder für sich.

Sie sprang auf die Reling und blickte in die Runde. Alle Augen richteten sich auf sie, und sie konnte sehen, dass sie bereit waren, ihr zu glauben.

„Hört mir zu!", rief sie. „Die Bruderschaft sieht nun auf uns, die *Black Pearl*, als ihre Anführer. Was sollen sie in uns sehen? Feiglinge auf einem halb verfallenen Schiff? Nein! Sie werden freie Seeleute sehen. Und die Freiheit!" Sie schwang die Faust in der Luft. „Und die Feinde sehen die Blitze unseres Kanonenfeuers. Das Klirren unserer Degen. Und sie wissen, wozu wir imstande sind – mit unserem Schweiß, unserem Rückgrat – und unserem Mut!"

Nacheinander blickte sie jeden Piraten eindringlich an. Hoffnung schlich sich in die Gesichter. Schließlich wandte Elizabeth sich an Will.

„Beflaggt den Mast", befahl sie mit fester Stimme.

„Beflaggt den Mast", wiederholte Will.

„Beflaggt den Mast", sagte Gibbs trotzig.

„Beflaggt den Mast“, rief Pintel, und der Ruf wurde vom Rest der Crew aufgenommen. Alle begaben sich auf ihre Posten.

Immer stärker frischte der Wind auf. Glücklicherweise blies er in ihre Fahrtrichtung. Ein Sturm braute sich zusammen, und alle an Bord wussten, dass Calypsos Zorn noch nicht verraucht war. Sie konnten nur hoffen, dass sie ihn gegen die Feinde verwendete.

„Der Wind ist auf unserer Seite, Jungs“, schrie Gibbs, „und mehr brauchen wir nicht!“

Elizabeth legte die Hände wie einen Trichter an den Mund und brüllte zu Tai Huang auf der *Empress* hinüber: „Beflaggt den Mast!“

Der Ruf hallte von Schiff zu Schiff, zu jedem Piraten in ihrer zusammengewürfelten Flotte. Jeder Piratenlord trat an die Reling, bereit, falls nötig bis zum Tod zu kämpfen. Sie leisteten nun den letzten Widerstand, und gleichzeitig war das ihre große Chance, die East India Trading Company ein für alle Mal zu vernichten. Sie würden nicht mehr vor der Gefahr fliehen müssen, sich nicht mehr in geheimen Buchten verstecken und sich gegenseitig betrügen, um für kurze Zeit auf der sicheren Seite zu sein. Diesmal würden sie ehrenvoll kämpfen; diesmal würden sie zusammenhalten, und was auch geschehen mochte, dies war ein historischer Augenblick in der Geschichte der Piraten – an den man sich noch Jahrhunderte später erinnern würde.

Elizabeth zog ihren Degen und richtete ihn auf die *Endeavour*, führte alle in die Schlacht – und in die Zukunft.

„Heute", schrie sie, „sind *wir* die Piraten der Karibik!"